Bir Kadın Düşmanı

(Çirkinin Romanı)

Reşat Nuri Güntekin

25. BASKI

İNKILÂP

Eserin 1927 tarihli baskısından faydalanılarak yayına hazırlanmıştır.

Dizgi
Girişim Dizgi

Kapak Tasarım
Ömer Küçük

Yayına Hazırlayan
Pınar Güven

Baskı
İNKILÂP KİTABEVİ
SANAYİ VE TİCARET A.Ş.
Anka Ofset Tesisleri
100. Yıl Matbaacılar Sitesi 4. Cad.No: 38 Bağcılar-İstanbul

ISBN 975-10-0016-5

07 08   28 27 26 25

İNKILÂP
Ankara Caddesi, No:95 Sirkeci 34410 İSTANBUL
Tel: (0212) 514 06 10-11 (Pbx) Fax: (0212) 514 06 12
posta@inkilap.com

www.inkilap.com

Eğitim çağındaki öğrencilerimizin kitabı rahatlıkla anlayabilmesi, Türkçemizin toplumun genç kesimleri tarafından çağdaş ölçülerde ve doğru kullanılması amacıyla, yayınevimiz bu yeni baskının ekinde küçük bir sözlüğü okuyucularına sunmaktadır.
Bu sözlükte yer alan yabancı kökenli sözcüklerin, genellikle kitabın metni içinde geçen anlamlarına yer verilmiştir.
Genç okuyucularımızın ilgiyle yararlanacağını umarız.

BİRİNCİ KISIM

SÂRA'NIN MEKTUPLARI

I

Sâra'dan Adnan Paşa'ya

Benim bir tanecik paşa babacığım,

Annemle yol hazırlıklarımızı bitirdik. Bir haftaya kadar İstanbul'dan hareket ediyoruz. Seni göreceğim için ne kadar sevindiğimi bilemezsin. İki seneden beri hasretine nasıl dayandığımı anlayamıyorum. Yedi sekiz ay evvel mutlaka Erzurum'a gelmek istemiştim. Razı olmadın. Mektubunda, "Benim de seni çok göreceğim geldi Sâra," diyordun, "Ne yapalım ki buraların kışına dayanamazsın. Nazlı, nahif bir İstanbul çocuğusun. Sonra, bu mevsimde yolculuk da çekilir bir şey değildir. Annen, mektubunda yazıyordu. Geçen gün Ada'ya gidiyormuşsunuz. Şiddetlice bir lodos varmış. Birdenbire betin benzin kül gibi olmuş. Korkudan, asabiyetten ağlamaya başlamışsın... Bir saatlik bir Ada seyahati, küçük bir lodos seni bu derece sarsmış. Bu mevsimde kocaman bir Karadeniz seyahatine nasıl tahammül edersin? Sonra, Trabzon'dan Erzurum'a kadar kara yolculuğu da ayrı bir mesele. Beş altı ay dişini sık. Yazın nasıl olsa seni de, anneni de birkaç ay buraya aldıracağım."

Paşa babacığım, bütün kış ben, bu güzel seyahatin hayaliyle yaşadım, müteselli oldum.

İki gün evvel, dayım Rıza Bey'le yengem Makbule Hanım İstanbul'a geldiler. Bir aya kadar kızları Vesime'yi evlendirecekler, çiftliklerinde büyük bir düğün yapacaklar. Dayımla yengem, "İlle düğünde Sâra'nın da bulunmasını isteriz. Bir iki ay hem eğlenir, hem de hava tebdili eder" diye tutturdular. Vesime'ye gelince, hüngür hüngür ağlıyor: "Biz seninle beraber büyüdük. Düğünümde bulunmazsan gelinliğim içime sinmeyecek" diyor. Bu kadar ısrara yüzüm tutmadı. "Ben karışmam, paşa babama mektup yazın. O ne emrederse, ben razıyım" deyip kurnazlıkla işin içinden sıyrıldım. Sana kim bilir neler yazacaklar, ne diller dökecekler? Sen, "Dünyada olamaz. Sâra'yı göreceğim geldi. Behemehal bu yaz onu Erzurum'a aldırmalıyım!" diye cevap verirsin, e mi benim cici paşa babacığım?

Doktor Haydar Bey de bir münasebetsizlik çıkardı. Güya bu sene biraz zayıf düşmüşüm. Ufak bir küre muhtaç imişim. Dayımın Marmara'daki zeytinliğinde, temiz havanın, güzel güneşin içinde birkaç ay yaşamak benim için pek iyi olurmuş. Bunlar, bence hep masal kabilinden sözler. Gerçi kendimi geçen seneki kadar iyi hissetmediğimi senden saklayamayacağım. Fakat bence bunun asıl sebebi senin hasretindir.

Hem yollarda rahatsız olsam, hasta olsam, hatta oraların sert havasına dayanamayıp ölsem de ne çıkar? Değil mi ki sevgili paşa babamı göreceğim. Fakat Erzurum'da ölürsem beni tabii oraya gömmen lazım gelecek. Sen orada kaldığın müddetçe bir diyeceğim yok. Gökyüzünün, senede dokuz ay geceli gündüzlü mezarıma döktüğü kardan yaseminlere sen de birkaç beyaz çiçek ilave edersin... Fakat, sen askersin... Başka yere nakledildiğin zaman ben ne yaparım? İlâh, ilâh, ilâh...

II

Sâra — (Telefonda) Sâra Hanım'ı mı istiyorsunuz? Sâra benim efendim.

Ferhan — O halde ben kimim?

Sâra — Herhalde teklifsiz bir arkadaş olacaksınız... Fakat sesinizi alamadım. Daha doğrusu bu seste bir arkadaşım var, amma o şimdi çok uzakta... Adana'da. Adana ile henüz telefon muhaberesi başlamadı zannederim.

Ferhan — Sâra...

Sâra — (Hafif bir feryat ile) Ferhan... Şüphem kalmadı... İstanbul'a geldin, öyle mi?

Ferhan — İki saat evvel vapurdan çıktık... Şimdi sana otelden telefon ediyorum.

Sâra — Tabii kocan da beraber...

Ferhan — Tabii... Benim ondan ayrı İstanbul'a gelmeme nasıl ihtimal verirsin?

Sâra — Düğününüz üzerinden bir sene geçtiği halde demek eski sevda elan devam ediyor?

Ferhan — Eskisinden daha şiddetle...

Sâra — İstanbul için nadide bir vefa ve muhabbet numunesi olacaksınız... Allah bu memleketi ve bu asrı emsal-i kesîrenizle müşerref etsin aziz çocuklar...

Ferhan — Alay ediyorsun, Sâra...

Sâra — Belki alay... Belki de biraz kıskançlık... Çünkü ben, her güzel şeyi kıskanırım. Her neyse, niçin doğrudan doğruya bize inmedin?

Ferhan — Kocamın biraz vahşi tabiatlı olduğunu bilirsin... Israr etsem tabii razı olacaktı. Fakat eminim ki sıkılacaktı. Yarın erkenden seni görmeye gelirim.

Sâra — Uykuda bulursan uyandır... Ziyanı yok... Sana havadislerim var Ferhan... Büyük bir kaza geçirdim... Az daha beni bulamayacaktın.

Ferhan — (Telaşla) Ne söylüyorsun? Otomobil kazasına falan mı uğradın?

Sâra — (Gülerek) Hayır, hayır... Öyle kaza değil... Paşa babam annemle beni az daha Erzurum'a aldırıyordu... Geçen kıştan beri öyle üzüntüler geçirdim ki... Bereket versin tedbirde kusur etmedim. Etrafımdakilerin de çok yardımını gördüm...

Ferhan — Tehlike tamamıyla geçti mi?

Sâra — Evet... Annem öbür gün kendi kendine gidiyor...

Ferhan — Hayret edilecek şey!... Ya sen?

Sâra — Çok uzun... Yarın anlatırım...

Ferhan — Dünyada yarına sabredemem.

Sâra — O halde söyleyeyim... Paşa babam geçen sene, "Gelecek yaza sizi muhakkak Erzurum'a aldıracağım," diyordu... Ne kadar inatçı bir adam olduğunu bilirsin... Askerlik hayatında, dediğini yapmaya ve etrafındakilere mutlaka yaptırmaya alışmıştır... Daha geçen sonbaharda içime bir ateştir düştü Ferhan... Gelecek yazın en güzel aylarında İstanbul eğlenirken, İstanbul'daki arkadaşlarım eğlenirken, ben Erzurum'da ne yapacaktım?

Ferhan — Peki ama, sen paşa babanı çok severdin... Göreceğin gelmedi mi?

Sâra — Yine seviyorum... Hasretinden yandığımı mektuplarda yazarken yalan söylemiyorum... Fakat ne yapayım?... Şimdilik İstanbul'u feda etmek elimde değil.

Ferhan — Erzurum'da nihayet üç dört ay kalacaksınız... Fazla değil ki...

Sâra — (Gülerek) Beş dakika da çok az zaman değil mi? Fakat mesela bir balığa, "Lütfen beş dakika denizden çıkınız da kumsalda oturalım... Sonra, yine dönersiniz!" diyebilir misin?... İstanbul'da ben, denizde balık gibiyim... Dışarıda yaşayamam... Sonra, başka bir tehlike de vardı: Ya paşa babam, "Hazır gelmişken bu kışı da burada geçiriverin... Zaten havalar da bozuyor!" deseydi ne yapardım? Yollar karla kapanıyor, dağları duman bürüyor, babam selamlıkta yaverleriyle tavla oynarken biz annemle, basık tavanlı, karanlık bir odada kurt, çakal seslerini dinliyoruz... Fazla olarak bu saatlerde İstanbul'un çılgınca eğlendiğini düşünüyorum... Allah yazdıysa bozsun... İnsan, bir kere dünyaya geliyor... Öldükten sonra mezara girmeyi anlarım, fakat yaşarken, hem de benim gibi yaşarken...

Ferhan — Paşa babanı darıltmaktan korkmadın mı?

Sâra — Babamla çok sevişiriz... Benim Erzurum'a gitmem, bu sevgi için bilakis çok tehlikeli olurdu... Çünkü orada babamdan başka kimseyi göremeyeceğim için çabucak bıkıp usanacaktım... Şimdi onu düşünürken, sevimli yüzünü gözümün önüne getirirken duyduğum tatlı rikkati kaybedecektim. Sonra, "İstanbul'dan ayrılmama o sebep oldu" diye gizli gizli ona kızacak, kin bağlayacaktım. Nihayet, belki aramızda münakaşalar da olacaktı; ben, isyan edecektim. Görüyorsun ya, Ferhan... Korkunç bir aile faciası... (Gülerek) Benim İstanbul'da kalmam işte bütün bu tehlikelerin önünü aldı.

Ferhan — Darılma Sâra... Sen, korkunç bir mahluk olmaya başlıyorsun... Her ne ise, paşa babanı nasıl fikrinden vazgeçirdin?..

Sâra — Geçen sonbahardan itibaren mektuplar yazmaya başladım. "Dayanamıyorum, mutlaka geleceğim" diyordum. O, "Mümkün değil, yazı bekle. Şunun şurasında beş altı ay kaldı" diye adeta yalvarıyordu. Böylece benim hüsn-i niyetime, hatta biraz İstanbul hayatından sıkıldığıma, derin surette inanmaya başladı. Bu mektuplarda hafifçe sıhhatimden şikâyet ediyordum. Mamafih, bu noktada en büyük yardımı Doktor Haydar Bey'le annemden gördüm... Zavallı Haydar Bey'i bir gün zorla masasının başına oturtarak bir mektup dikte ettim, sıhhatim için bazı küçük endişeleri olduğunu, bu sene uzun bir yolculuğa çıkmamı muvafık göremeyeceğini yazdırdım. Bu mektup, güya benden ve annemden gizli olarak paşa babama gitti... Annem de zaten kalmama taraftar...

Ferhan — Niçin?..

Sâra — Tabii her şeyden evvel sıhhatim için... Çünkü, ona da pek iyi olmadığımı, uzun yolculuklara, bahusus denize dayanamadığımı gösterecek bazı minimini komedyalar oynamak lazım geldi... Bir gün, Ada vapurunda küçük bir baygınlık geçirdim... İki gece uyumadan dans etmiştim. Annem bunu lodosa atfetti... Mamafih, benim İstanbul'a dönüşüm bir cihetten annemin de işine yarayacak; çünkü paşa babamın onu Erzurum'da üç aydan fazla alıkoyması tehlikesinin de önünü alıyor...

Ferhan — Herhalde İstanbul'da seni sık sık göreceğim için memnunum.

Sâra — Maalesef istediğin kadar çok ve sık görüşemeyeceğiz Ferhan... Çünkü benim en aşağı otuz kırk günlük küçük bir seyahatim var.

Ferhan — Şaka söylüyorsun.

Sâra — Böyle neşesiz şakalara insanın dili varır mı? Maatteessüf öyle... Bereket versin ki gideceğim yer uzak değil... Marmara sahilinde bir köy... Vapurla altı yedi saatte gidiliyormuş...

Ferhan — Bu seyahat, mutlaka lazım mı?

Sâra — Lazım olmasa İstanbul'u bırakır mıyım? Erzurum'dan biraz da bu seyahat sayesinde kurtuluyorum.

Dayım Rıza Bey'in (...)'de büyük bir zeytinliği olduğunu bilirsin... Eskiden senede iki üç ay oraya gider, hem işleriyle meşgul olur, hem de hava tebdili yapardı. Zaferden sonra ona bir çiftlik merakı arız oldu. Zaten Şûrâ-yı Devlet'teki memuriyeti de lağvedilmişti.

Kalabalık ailesini geçindirmek için İstanbul'da sıkıntı çekiyordu. Orada, Yunan işgali zamanında yanan küçük bağ kulesi yerine büyücek bir köşk yaptırdı. Çoluk çocuğunu toplayıp gitti. İşleri çok iyi gidiyormuş. Şimdi de kızı Vesime'yi yerlilerden zengin bir gençle evlendiriyor.

Ferhan — Demek zavallı Vesime bir köy kadını olup kalacak...

Sâra — Vesime bilakis çok talihli çıktı... Damat bey, senin bildiğin köylülerden değil... Senelerce Avrupa'da kalmış, ziraat tahsil etmiş... Sonra İstanbul'da ailesiyle de görüştüm... Ekseri dışarlık zenginleri gibi bizden daha fazla İstanbullu... Nişantaşı'nda evleri var... Senenin hemen yarısını burada geçiriyorlar. Herhalde bizim zavallı, saf Vesime'miz için ümidinden çok fazla parlak bir parti... Bir ay sonra zeytinlikte muhteşem bir düğün yapılacak... İşte ben, biraz da bu düğün sayesinde İstanbul'da kaldım... Dayımı, yengemi, Vesime'yi kışkırtarak babama uzun rica mektupları yazdırdım... Doktor Haydar Bey de zeytinlikte üç ay kadar hava tebdili etmeme ihtiyaç gösterince...

Ferhan — Paşa baban da razı oldu, değil mi?

Sâra — Benim paşa babam dünyadaki babaların en iyisidir. Yalnız bir kabahati var ki, affedemiyorum... Ne olur, hiç olmazsa bir haftacık İstanbul'a gelse de yüzünü görsem...

Ferhan — (Gülerek) Vah paşa babasının hayırlı kızı vah!... Yalnız anlayamadığım bir şey var: Evvela otuz kırk günden bahsediyordun. Şimdi seyahat müddetini üç aya çıkardın?..

Sâra — (Gülerek) Üç ay dedim ama... Havasının yarayıp yaramayacağı şimdiden kestirilemez. Doktor Haydar

Bey, belki daha çabuk İstanbul'a dönmeme lüzum gösterir. Sonra, daha başka ihtimaller var ki bu otuz kırk günü yarı yarıya indirebilir... Mesela, Vesime'nin düğün eşyası arasında belki bazı eksikler görürüm, yahut bazı şeyleri gözüm tutmaz... Dayımın kızı için her fedakârlığa, her zahmete razı olduğumdan, bir hafta sonra belki İstanbul'a dönerim... İstanbul'da siparişler belki düğün haftasına kadar uzar... Düğünden sonra yeni evliler belki küçük bir İstanbul seyahati yapmak isterler. Daha olmazsa hastalanırım. Görüyorsun ya, seyahatimin üç aydan onbeş güne inmesine hiçbir mâni yok...

Ferhan — Sen hiç değişmeyecek misin Sâra?..

Sâra — Sebep görüyorsan söyle... Mamafih, nasıl yaşadığımı, ne kadar eğlendiğimi öğrendiğin zaman İstanbul'a niçin bu kadar ehemmiyet verdiğimi anlayacaksın... Bir kere fevkalade eğlenceli bir grubumuz var. Arkadaşlarımı sayayım: Nermin Vedat'ı tanırsın, değil mi?..

Ferhan — ....

Sâra — Cevap vermiyorsun... Ferhan, Ferhan... (Kendi kendine) Matmazel... Konuşuyorduk... Matmazel... Matmazel! (Bir dakika bekledikten sonra nevmidane telefonu bırakır.) Ah, bu bizim telefonlarımız... Gazetelerin şikâyet ettiği kadar var... İnsan, bir arkadaşına iki çift mühim söz söyleyemiyor.

III

Sâra'dan Nermin'e

Sevgili Nermin,

Bir haftadan beri sana mektup yazamadım. Kim bilir ne kadar dargınsın... Burada bulunduğum müddetçe güya her gün mektuplaşacaktık. Sen, bana İstanbul'dan haber verecektin. Ben, sana burada gördüklerimi yazacaktım. Böylece Marmara'nın bu cansız, küçük köyünde bir dereceye kadar can sıkıntısından da kurtulmuş olacaktım. Sözümde durmadığım için bana kızma. Bir kere, burası hiç tahminim gibi çıkmadı. Şimdilik sana mektup yazmadan da eğlenebiliyorum. Fakat sükûtumun bundan çok daha ciddi bir sebebi var: Bu küçük iskeleye haftada ancak iki defa vapur uğruyor. İşte öyle bir mazeret ki akan suları durdurur, değil mi? Tabii mektuplarımı posta güvercinleriyle uçuracak değilim.

Bari o iki posta da arızasız gelip gidebilse... Üç gün evvel şiddetli bir lodos vardı. Vapur, kayalık sahilimize uğramaya cesaret edemedi. Denizin beyaz köpükleri üstüne ince dumanını savurarak ta uzaklardan geçip gitti. Sandıklar, sepetlerle, iskelede bekleyen zavallı yolcular bakakaldılar. Mamafih ben, vapurdakilere daha ziyade acıdım ve güldüm. Çıkacakları iskeleyi uzaktan görüp fırtınanın, kıyametin içinde İstanbul'a yollanmak zavallıları kim bilir ne kadar aptallaştırmıştır?

Zeytinliğimiz, sahilden üç çeyrek kadar uzaktadır. Dayımın İstanbul'dan getirttiği küçük bir hasır fayton vardır ki kasabaya onunla gelinip gidilir. Mektubumu kendi elimle posta kutusuna atmak istemiştim, fevkalade bir hürmet ve iltifat eseri olarak o gün seyislik vazifesini dayımın damadı Remzi Bey yaptı. Vesime, hakikaten talihli kızmış. Remzi Bey biraz fazla saf olmakla beraber çok temiz ve nazik bir çocuk... Konuşa konuşa iskeleye indik. Kasabanın küçük rıhtımında o gün beklenilmez bir kalabalık ve canlılık vardı. Bunu evvela fırtınanın uyandırdığı meraka atfetmiştim. Fakat Remzi Bey, asıl sebebi anlattı:

— İskelemize haftada iki defa vapur uğraması bayram, panayır kabilinden mühim bir hadisedir... Kasabanın yeknesak hayatına biraz değişiklik gelir... Civar köyler ahalisi kasabaya inmek için o günü, o saatleri beklerler... Çarşıda dükkânlar kapanır... Köşe başlarına pazarlar kurulur. Esnaf, memurlar, askerler deniz kenarında piyasaya çıkar, kasaba kadınları yemiş, hatta yemek sepetleriyle deniz kenarına dökülür. Zaten güzel kasabamızın bütün eğlencesi bundan ibaret gibidir...

Remzi Bey'in sözlerinde ve sesinde hafif bir hüzün vardı. Zavallı ziraat mühendisi galiba Avrupa'yı hatırlıyordu...

Hâsılı, haftada iki defa buraya vapur uğraması, kasabada şiddetle hüküm süren can sıkıntısı hastalığı için muvakkat bir ilaç oluyor. Ahali, gümrük binası önündeki küçük meydanlığa toplanarak İstanbul'dan gelen yeni çehreleri bekliyor.

Bilhassa bir hafta evvel benim tesirim çok müthiş oldu. Beraber olup da görmeliydin Nermin... Ben, vapurdan çıkan bir yolcu değil, adeta sahneye çıkan en meşhur bir aktristim... Beni karşılamaya gelenlerle selamlaşarak, gülüp konuşarak yürüyordum... Etrafımda geçen şeylerin hiç farkında değil gibi görünüyordum... Fakat, benim uzun talimlerle elde ettiğim bir hassa vardır: Hiç sezdirmeden, etrafımdakilere, karşımdakilere hiç bakmadan, her şeyi görmek. Bütün gözler, hayret ve meftuniyetle bana bakıyor, ahali, beni daha iyi görmek için birbirini çiğniyordu. Tekrar yoluma çıkmak için, bir kere daha yakından bakmak için zorla kalabalığı yarıp geçenler, koşup düşenler, kavga edenler bile oldu... Hâsılı tam bir sahne muvaffakıyeti... Yalnız, el çırpıp alkışlamamaları kaldı. Hiçbir muvaffakıyet, bu kadar süratle etrafa yayılamazdı, Nermin... Dayımın arabası küçük bir mescidin önünde bekliyordu. Oraya gidinceye kadar kahvelerden saltalı, poturlu, çeşit çeşit insanlar, bir karakoldan jandarma neferleri fırladı. Pencerelerden başlar sarktı...

Mamafih, şunu söyleyeyim ki, burada şöhretim günden güne büyüyor, mutlaka görülmesi lazım bir şey haline geliyorum... Nitekim bundan dört gün evvel, yani dayımın damadı ile kasabaya indiğim fırtına günü de etrafımda adeta bir nümayiş oldu...

Rıhtımın iskeleye epeyce uzak bir köşesinde durmuştuk. Ben arabanın içinde, o yerde, beyaz köpükler içinde kalan denizi seyrediyorduk...

Etrafımızda yavaş yavaş bir toplanma başladığını farkettim. Genç, ihtiyar, sivil, asker, hoca birçok insanlar arkamızdaki yaya kaldırımının üstüne saf saf diziliyorlardı.

Ben, hiç bu derece hislerini, zaaflarını göstermekten çekinmeyen, saf, samimi, laubali insanlara tesadüf etmedim. Sırıta sırıta beni seyrediyorlar, hemen hemen işitebileceğim bir sesle birbirlerine mülahazalarını söylüyorlar, arkada kalanlar ayaklarının ucuna basarak yükseliyorlar... Dedim ya, tıpkı bir tiyatro veyahut sinema sahnesi önündeki seyircilerin hayran vaziyeti... Bunlarda, "Acaba ne derler? Bizi ayıplarlar mı? Sıkılırlar mı?" mülahazası katiyen yok...

Mamafih, yüzüm deniz tarafına dönük olduğu için beni pek istedikleri gibi göremiyorlardı. Bazıları da dalga serpintileriyle ıslanmayı göze alarak önümüzde piyasa ediyorlardı. Nitekim genç bir jandarma zabiti, bir geçit resminde yürür gibi vakur, sert bir eda ile geçiyor, yan gözle bana bakıyordu. Rıhtımın kenarında kırılan bir dalga, müthiş bir serpinti yaptı, adamcağızı tepeden tırnağa kadar ıslattı... Bir kahkahadır koptu. Zabit, birdenbire şaşaladı, kızdı, olduğu yerde durup dönerek gülenlere gazap ve tehdit dolu bir nazar fırlattı. Başka zamanda olsa şüphesiz bu bakış insanı korkuturdu. Fakat, yüzünden gözünden, üstünden başından sular akarken... Gülenler içinde ben de vardım. Belki bunun için, belki de bir kadın önünde aksilik etmeyi elegan ve galan bulmadığı için vazgeçti. Hâsılı, kızayım dedi olmadı, güleyim dedi beceremedi. Yüzü, yakasındaki al çuha rengine girdi. O, kollarından, paçalarından akan sulara rağmen hâlâ vakur ve muhteşem yürüyüp giderken bir ikinci dalga rıhtımın taşlarında parçalandı, bulut gibi havaya dağıldı ve tepemizden aşağı geçti. Bu ikinci hengâmenin kahramanı arabanın önünde duran Remzi Bey oldu. Dayımın damadının güzel beyaz pantolonu bir saniye içinde çamur rengine boyandı. Ahaliden bir kısmı yine gülerken, üç dört kişi dalgadan ürküp hırçınlaşan atın başına koştular. Remzi Bey, mahcubane gülümseyerek:

— Artık gidebilir miyiz, Sâra Hanım? dedi. Zannederim ki bekleyecek bir şeyimiz kalmadı.

— Gidelim efendim, dedim.

Remzi Bey, dizginleri eline aldı. Önümüzdeki kalabalık yavaş yavaş açılarak bize yol verdi. Araba, dar ve tenha sokağa girdi.

Remzi Bey, başını çevirmeden benimle konuşuyordu:

— Sâra Hanım... Köyümüzde müthiş bir sükse kazandınız.

— Öyle mi efendim?

— Ahali, oraya denizden ziyade sizi seyretmek için toplandı...

— Öyle mi efendim? Hiç farkında değilim...

— Denize bakacak yere arkanıza dönüp baksaydınız neler görecektiniz.

— Öyle mi efendim?

Dayımın damadı, bana bilmediğim şeyleri öğretirken ara sıra dönüyor, gözlerini küçülterek kurnaz bir tebessümle bakıyordu. Zavallı Remzi Bey, bana yepyeni şeyler öğrettiğine kaniydi. Onu dinlerken gülmemek için kendimi zor zaptediyordum.

Vesime'nin nişanlısı çok güzel ve malumatlı bir genç, fakat tahammül edilemeyecek kadar saf... Birbirlerini ne iyi buldular, değil mi?

Hâsılı, o gün sana yazdığım mektubu postaya vermeden geri döndüm. Mamafih çok bir şey kaybetmedin. Çünkü iki satırlık selam kelamdan ibaret bir şeydi. Sana anlatmak istediğim şeylerden hiçbirini yazmaya vakit bulamamıştım. Şimdi başlıyorum... Tabii evvela seyahatimin nasıl geçtiğini anlatayım... Senden ayrıldığım sabah... Nermin, bir parça beni bekle... Hafif hafif kapıma vuruyorlar.

. . . .

Aksi şeytan... Kapıma vuran dayımın damadı imiş:

— Vakit geldi Sâra Hanım, diyor. Ben kasabaya iniyorum. Mektubunuzu yine elinizle postaya vermek istiyorsanız lütfen acele ediniz...

— İyi olur, ama giyinmek için hiç olmazsa bana onbeş yirmi dakikalık zaman vermelisiniz, diye cevap verdim.

Remzi Bey, küçük bir tereddütten sonra razı oldu:

— Ne yapalım... Arabayı biraz fazla koştururuz.

Burada bulunduğum müddetçe posta günü kasabaya araba ile mektup götürmek galiba bir âdet, bir anane olacak...

Kusura bakma Nermin... Sana çarşamba postasına kadar uzun bir mektup hazırlarım. Gözlerinden öperim.

Sâra

IV

Sâra'dan Nermin'e

Sevgili Nermin,

Mektubunun sonunda diyorsun ki: "Gözlerimiz yolda kaldı. Her gün seni bekliyoruz. (Sâra gideli dokuz gün, on gün, onbir gün oldu... Dayısının zeytinliğinde can sıkıntısından bunalmıştır... Ne yapar yapar, bugünlerde bir bahane uydurup kendini İstanbul'a atar) diyoruz... Benim ve kadın erkek bütün arkadaşlarının fikri bu..."

Nerminciğim, korkarım ki sen ve kadınlı erkekli bütün arkadaşlarım beni daha bir hayli zaman boş yere bekleyeceksiniz. Çünkü ben, bu kasabaya çok fazla ısınmaya başlıyorum.

"Roma'da ikinci kalmaktansa, iki evli bir köyde birinci olmak daha iyidir" diye meşhur bir söz vardır. İstanbul'da bilmem ikinci safa düşüyor muyum? Fakat ne de olsa orası kocaman bir memleket... Beni pek gölgede bırakmak değilse bile, tesirimi kıranlar, nüfuz mücadelesine girişenler var... Halbuki burada rakipsiz bir kraliçe gibiyim... Tesir ve muvaffakıyetim günden güne artıyor... Sık sık kasabaya inişim adeta bir vaka, bir bayram oluyor... Dışarlık erkekleri, bizim talimli maymunlara benzeyen salon centilmenlerimizden değil... Onlar hayretlerini, takdirlerini hiç gizlemeden, süslemeden söyleyiveriyorlar. Şekil, gerçi kaba ve gülünç ama... Ne yapalım, samimiyetlerine bağışlamalı.

Kulağımla işittiğim takdir ve perestiş sözlerinden işte birkaç numune:

— Adam olacağıma sinek olsaydım da şunun yüzlerine, ellerine konu konuvereydim...

— Yahu, bu da bizim gibi yer, içer mi dersin?

— Evvelki gün bizim karı nazlanacak olduydu... Bu gözümün önüne geldi... Karıya çaldım sopayı...

— Hay Allahım, billur musun, nesin? Yüzünün bir yanından öbür yanı görünüyor...

Salonların, edebiyat kitaplarından çalma, çiçekli komplimanlarına artık kanıksadığım için mi nedir, bu manasız, iptidai lakırdılar beni adeta eğlendiriyor...

Ahaliden bana âşık olanlar da var. Bunlardan birini sana da takdim edeyim: İsmi aklımda kalmadı. Sadece sonunda bir "Allah" vardı... Abdullah, Nurullah filan gibi bir şey... Ellibeş altmış yaşlarında, hali vakti yerinde bir ihtiyar... Bilmem hangi mahallenin de muhtarı imiş. Hani mahallelerde akıl ve ahlak hocalığı yapar, türlü çirkin dedikodularla ahaliyi kasıp kavurur, evleri tecessüs eder, beğenmediği insanları mahalleden kovmak için ahaliye mazbatalar mühürletip kapı kapı gezer, titiz, aksi ihtiyarlar vardır. İşte onlardan... Bu muhtar efendinin, kasabada açık bir tuvaletle serbest serbest dolaşmamdan şikâyet ettiğini, beni beğenen gençleri azarladığını haber verdiler. Hatta bir gün karşıdan bana bakan kasaba delikanlılarına, "İnsan görmediniz mi be yahu?" diye çıkıştığını işittim. Şöyle göz ucuyla baktım: Küçük bir vücut üstünde at yüzü gibi kocaman ve uzun bir çehre... Hasbetenlillah ahlak hocalığı eden samimi mutaassıplardan ziyade iki üç senede bir "almak da hak, boşamak da hak!" diye kadın değiştiren, cahil, fakir, görgüsüz, taze kızları ziyan eden ihtiyar kurtlardan.

İçimden, "Muhterem efendi, sana kendimi yakından göstereceğim. Başkalarına, 'İnsan görmediniz mi?' diye darılıyorsun... Bakalım bana benzeyenini çok gördün mü?" dedim.

Bir gün yine kasabaya inmiştim. Çarşıda bir şey almak için dükkânlardan birine giren Remzi Bey'i bekliyordum. Muhtar efendinin başı önüne eğilmiş, kalın kaşları çatılmış, yavaş yavaş homurdanarak yanımdan geçtiğini gördüm. Hemen fırsattan istifade ettim:

— Efendi hazretleri, affedersiniz. Bir dakika sizinle görüşmek istiyorum, dedim.

Şaşırdı. Hafif bir tereddütten sonra önümde durdu. Fakat vücudunu, yüzünü çevirmiyor, binek taşının önüne çekilmiş bir at vaziyetinde uzun, çatkın başını önüne eğerek bekliyordu.

Müstehzi bir rikkatle:

— Efendi hazretleri, dedim, benim pek kıymetli bir süt babam vardı. Geçen sene sizlere ömür, vefat etti... Sizi görünce onu mezardan kalkmış zannettim... Pek müteessir oldum. Müsaade ederseniz bir dakika yüzünüze bakayım... Elbet, sizin de başınızdan böyle ölüm acıları geçmiştir... Dertli halinden bilirsiniz.

Muhtar efendi, hayretinden donmuş gibiydi. Hâlâ yüzünü çevirmeyerek o vaziyette duruyor, galiba yürüyüp gitmekle durup konuşmak arasında tereddüt ediyordu. Zihninde kim bilir ne hesaplar yaptıktan sonra benimle konuşmaya karar verdi. Hâlâ çehresinin hiddetli ifadesini değiştirmeye muvaffak olamayarak döndü, yüzüme baktı. O anda gülmemek için neler çektiğimi bilmezsin... Muhtar efendide öyle gür bir bıyık, sakal ve bir çift kaş vardı ki, kesip azar azar taksim etsek İstanbul'un bütün yeni gençlerine bıyık olmaya kifayet ederdi. Bu balta girmemiş fundalığın içinde kocaman, şekilsiz bir burun yatıyor, onun üstünde birbirine yakın bir çift çini mavi göz şaşkın şaşkın açılıp kapanıyordu.

Yukarıdaki ton üzerine mersiyeme devam ettim. Muhtar efendi, bana baktıkça:

— Ölenle ölünmez. Cenab-ı Allah inşallah size merhumun toprağı kadar ömür verir... filan gibi sözlerle beni teselli etti. Ara sıra birbirimize tesadüf ettikçe biraz dertleşmek vaadiyle ayrıldık.

Muhtar efendi, benimle konuşmakla çarşı nazarında birdenbire büyük bir ehemmiyet alıyordu. Kendi de bunun farkında olmuş olmalı ki, benden ayrıldıktan sonra yürüyüşüne garip bir azamet gelmişti.

Adamcağızın o günden sonra süngüsü düştü. Şimdi, uzaktan gördüğü zaman korka korka yanıma yaklaşıyor, benimle ahbap olduğu için başkalarına karşı mağrur, fakat bana karşı boynu eğri, nazik nazik konuşuyor, bazen aldırmayıp geçersem mahzun oluyor.

"Bu, ne manasız ve münasebetsiz oyun Sâra?" diyeceksin, "İhtiyar bir adamı kendine bağlayıp halecanlandırmakta, üzmekte ne zevk bulursun?"

Sana hak veririm Nermin... Fakat elimde değil... Ben, minimini bir kız çocuğu olduğum zamandan beri böyleyim... Güzelliğim beni çok fazla şımarttı. Etrafımdaki insanları kendime hayran ve esir etmekte adeta marazi bir zevk duyuyorum... Bu, belki de bir hastalık... Öyle sanıyorum ki, etrafımda hayret ve elem uyandırmayan bir güzellik ziyan olup giden bir şeydir... Hatta biraz fenalık da yaptığımın farkındayım... Belki bir gün bunun cezasını çekeceğim. Hatta belki çekmeye başladım bile... Etrafımda vefakâr ve temiz sevdalarla birbirine bağlanan, temiz ve munis aile yuvaları kuran insanlar görüyorum. Bunlarla nasıl eğlendiğimi bilirsin Nermin... Fakat bu eğlenişlere artık biraz da ıstırap ve kıskançlık karışmaya başladı... Ne yazık ki ben, hayatımı kimseye vakfedemeyeceğim... Bir türlü kimseleri beğenemiyorum... Yirmiiki yaşına geldiğim halde... Pardon, dilim alıştığı için yirmiiki yaş yalanını sana da tekrar ettim... Halbuki sen de, ben de yirmialtıyı bitirdik, değil mi? Ara sıra odamıza kapanıp hesap yaparken ıstırap ve heyecandan şaşırmasak, sene ve ay hesapları üzerine birbirimizi aldatmasak belki de daha fena bir neticeye varacağız. Demek bir iki sene sonra otuz... Ondan sonra da... Görüyorsun ya, "Cezamı çekmeye başladım!" bile demekte haksız değilim. Güzel güzel konşurken bu neşesiz bahis nereden de dilime dolaştı? Halbuki sana anlatacak öyle mühim şeylerim var ki... Artık başlıyorum... Öğrenmesini merak ettiğin şeyleri sana bir tarih hocası gibi zaman ve vaka sırasıyla... Fakat kapıma yine bir ayak sesi yaklaşıyor... İhtimal yine dayımın damadı.

. . . .

— Sâra Hanım, mektubunuz hazır mı? Vapur vakti geldi de... Ancak hazırlanabilmeniz için yarım saat zaman var...

— Yarım saat mi? O halde yarım saat daha yazabilirim.

— . . . .

— Yarım saate kadar mektubum hazır olur...

— Peki ama, kendiniz?

— Siz kasabaya iniyorsanız zahmet ediverirsiniz... Olmadığı halde hizmetçilerden biriyle göndeririz.

— Kasabaya inmeyecek misiniz?

— Hazırlanmaya vaktim kalmayacak, ne yapayım?

— Sâra Hanım, ben yarım saat dedim... Fakat size biraz fazla zaman daha verebilirim. Bir saat... Hatta birbuçuk... Demin saate galiba yanlış baktım.

— O halde, bir saat sonra...

Remzi Bey ile, ben içeride o dışarıda, konuştuğumuz şeyleri sana aynen yazdım... Manasını anlamakta gecikmeyeceğin için sana beyhude ağız yapmayayım. Bu genç ziraat mühendisinde bana karşı bir garip zaaf uyanmaya başladı... Bunun için ikimizde de biraz kabahat var. Buraya geldiğim zaman Remzi Bey'i, Vesime'ye bir Âşık Garip, bir Âşık Kerem aşkıyla bağlı gördüm. Bir akşamüstü yanımda gayet budalaca bir söz sarfetti. Elinde bir küçük kova ile çiçek sulayan Vesime'yi göstererek:

— Ben dayızadenize tesadüf etmemiş olsaydım galiba sevmenin ne olduğunu bilmeden ölecektim, dedi.

Remzi Bey'in ihtiyatsızlığını görüyorsun ya Nermin? Hiç benim yanımda böyle söz söylenir mi?

İçimden, "Dayımın damadı, Vesime'nin nişanlısı olduğuna bir ye de bin şükret, zavallı saf, dışarlık beyi" dedim.

Fakat o, garip bir gurur ve kifayetle devam ediyordu:

— Vesime'yi tanıdığım için kendimi dünyanın en talihli adamı addediyorum. Başka kim olsa bu kadar sevemezdim. Müsaade eder misiniz?

Remzi Bey'in sevdası galeyana gelmişti. Nişanlısına yardım etmek bahanesiyle yanına gitti. O, kovayı almak istiyor, öteki nazlanarak kırıtıyordu. Vesime'nin iskarpinlerine birkaç damla su mu döküldü, nedir? Ziraat mühendisi, hemen hemen bir secde vaziyetinde yere eğildi, mendiliyle nişanlısının ayaklarını sildi. Nişanlı hanım da renkten renge girerek gülümsüyor, damat beyin saçlarını okşamak istiyor da cesaret edemiyor gibi bir şeyler yapıyordu. Birbirlerine anlaşılmaz bir şeyler söyleyerek gülüşüyorlardı:

Gayet budala bir aşk sahnesi... Fakat ne kadar mesuttular... İçimde hafif bir sızı vardı:

— Remzi Bey, Sâra'ya açıktan açığa meydan okudun, dedim, küçük bir ders alacaksın, küstahlığının cezasını çekeceksin... Korkma, Vesime'ye olan rabıtana ve saadetine zarar gelmeyecek. Fakat dünyada Vesime derecesinde de sevilebilecek insanlar olduğunu göreceksin...

Nerminciğim, Vesime'nin yuvasını bir fiske ile yıkacak kuvvette olduğumu teslim edersin... Fakat, dayımın kızına karşı benden böyle bir fenalık beklemezsin, değil mi? Sade Remzi Bey'de geçici bir hüzün ve hülya uyandırıp söndürmek istedim. Bunun için hiç uğraşmadım. Hiç fazla bir şey yapmadım. Görünüşte beni koketlikle itham ettirecek hiçbir şey yok... Fakat hakikat şu ki, bu saatte Remzi Bey, sebebini belki kendinin de tayin edemediği bir hafif hüzünle koridorda beni bekliyor... Mektubumu bitirmediğim için sabırsızlanıyor. Cevabında bana ders vermeye kalkma Nermin... Bu küçük komedya, yemin ederim ki, bulunduğu noktada kalacak. Remzi Bey'den istediğim şey, bana biraz daha fazla ehemmiyet vermesinden ibaret...

Nermin, yine istediklerimi yazmaya vakit kalmadı; affet ve gelecek postayı bekle...

Hamiş: Senin fena bir huyun vardır. Aldığın mektupları yırtıp atmazsın, en ehemmiyetsizlerine varıncaya kadar istif edersin, benimkileri de tabii saklıyorsun... Hakiki yaşımıza dair yazdığım satırları ya mürekkeple karala, yahut daha iyisi ofort ile sil... Dünyanın aksiliklerine akıl ermez... Belki birinin eline geçer.

Sâra

V

Sâra'dan Nermin'e

Sevgili Nermin,

Mektubunda diyorsun ki, "Bana yazdığın mektuplar baştan başa gevezelikten ibaret... Halbuki benim bildiğim seyahate çıkanlar biraz ağır başlı olurlar... Yol ihtisaslarını yazarlar, gördükleri yerleri tasvir ederler. Gittikleri memleketlere ve içinde yaşadıkları insanlara dair malumat verirler... Arkada kalanlar da hiç olmazsa hayalleriyle onlara arkadaşlık ederler... Öteden beri âdet böyledir."

Peki, Nermin... Madem ki âdet bu imiş, ben de öyle yapayım bari... Beni ne halde vapura getirdiğinizi biliyorsun. Ölü gibi bir haldeydim...

Vapur uzaklaşırken rıhtımda renk renk mendilleriniz sallanıyordu. Ben de size mendilimle cevap verirken kulaklarım uğulduyor, dizlerim kesiliyordu. Düşmemek için adeta vapurun kenar parmaklığına asılıyordum. O gece benim için bir veda eğlencesi yapmak istemiştiniz. Bütün gece delicesine dans etmiştik. Bu çılgınlık yetmiyormuş gibi, sabaha karşı sokağa uğramış, otomobillerle Büyükdere'ye gitmiştik.

Eve döndüğümüz zaman vapurumun kalkmasına iki saat kalmıştı. Ancak yıkanıp giyinmeye kâfi bir vakit...

Vapur, Sarayburnu'nu dönünce hemen kamarama koştum. Yatağın önündeki küçük kanapeye kendimi attım. Yorgunluktan, önünde kıvılcımlar uçmaya başlayan gözlerimi kapadım... Gidiş o gidiş Nermin... Zannederim ki dünyanın tükenmez yorgunluklarından sonra mezarlarına giren ölüler de bu kadar rahat uyurlar.

Uyandığım vakit ikindi olmuştu. Yolun bitmesine ancak bir saat kalmıştı. Aksiliği görüyor musun Nermin? Seyahatin en güzel kısmını gaflet uykuları içinde geçirmiştim. Binaenaleyh sana, "yol ihtisaslarını yazamadığım, gördüğüm şeyleri tasvir edemediğim" için bana kızma... Her çıkışın bir inişi olduğu gibi, her gidişin de tabii bir dönüşü var... İnşallah İstanbul'a dönerken güneşin denize nasıl aksettiğine, suların nasıl yıldızlanıp titrediğine dikkat eder, sana şairane tasvirler hazırlarım.

Kamaradan çıktığım vakit evvela arkaya baktım. Nihayetsiz bir deniz... İstanbul kim bilir ne kadar zaman evvel ufuktan silinip gitmişti. Buna mukabil sol tarafımızda fevkalade yakın bir sahil vardı. O kadar ki, deniz kenarındaki kayalara tırmanmış keçiler bile fark ediliyordu. Gözlerimi dakikalarca bu topraklardan ayırmadım.

Nermin... Bu kadar süslü ve güzel bir tabiatı, resimlerde bile nadir görmüştüm... Kalemle işlenmiş gibi nazlı kıvrımları, minimini koyları, burunları olan bir sahil... Denizde uzayıp giden uzun beyaz kumsalları, suların üstüne sarkmış kayalar takip ediyor... Arkada yavaş yavaş yükselerek ta uzaklara giden tepeler... Bu tepelerden bazıları sık ağaçlıklarla dolu... Bazıları esmerliklerinin derecesiyle birbirinden fark edilen hendese şekillerine taksim edilmiş...

Şimdi, sana buraların ziraati hakkında da tafsilat vereyim: O ağaçlıklar, büyük zeytinliklerdir ki bu sahillerin en kıymetli servetidir... İyi işletilseler buraların ahalisini Amerikalılar gibi zengin eder. Fakat maalesef harp ve muhtelif muhaceretler sebebiyle bakımsız kalmışlardır. Halkta para ve teşebbüs bulunsa, zeytinyağı fabrikaları filan yapılsa dehşet olur... O hendese şekilleri, buğday, arpa, yulaf, tütün filan tarlalarıdır... Ekserisi Rumeli muhacirlerine aittir.

Zirai ve iktisadi malumatımın vüsatini görüyorsun ya Nermin?.. Mektubumun yalnız bu parçasını arkadaşlara oku da parmaklarını ısırsınlar, Sâra'nın süsten ve fantaziden ibaret bir mahluk olmadığını teslim etsinler.

Mamafih sana itiraf edeyim: Bu malumatı softa kılıklı ihtiyar bir adamdan aldım. Ona sadece bu ağaçların ne ağacı olduğunu sormuştum. Lakırdı cihetinden çok cömert bir insanmış. Memleketin bütün ziraat hayatını anlatmadan beni bırakmadı. Onu dinler gibi görünerek ve ara sıra başımla tasdik ederek sahili seyrediyordum. Akşam yaklaştıkça renkler değişiyor, biraz evvel yalnız esmerliklerinin derecesiyle birbirinden ayrılan tarlalar sarı, mor, yeşil görünüyor, zeytinlikler büyüyüp derinleşiyor, kumsal sedef parıltılarıyla yanıyordu... İhtiyar ziraatçiden kurtulmak için tekrar kamarama kaçmaktan başka çare bulamadım. Vapurumuzu gördün... Takunya gibi bir şey... Bizim Şirket vapurları ona nispetle transatlantikler gibi mükelleftir... Fazla olarak da baştan başa eşya ve yolcu ile dolu... Oturulacak, durulacak yer yok...

Bereket versin ki yolculuğumuzun sonu yaklaşmıştı.

Kamarada kırık, lekeli bir aynanın karşısında giyinirken düşünüyordum:

— Vah vah... Seyahat pek vakasız geçti... Nermin'e yazacak hiç ehemmiyetli bir şey bulamayacağım...

Bu şikâyetim –büyükannelerimizin tabiri üzere– tam vakit ve saatine mi tesadüf etti nedir? Güvertede birdenbire bir çığlık, bir vaveyladır koptu... Bir kazaya uğradık zannettim; elim, ayağım titreyerek kamaradan fırladım. Bağıranlar, güvertede karmakarışık denkler, bohçalar arasında oturan birtakım köylü kadınlardı. Zavallılar, biraz evvel, vapurda kaçacak adam varmış gibi hamam peştemallarına benzeyen kalın örtülere sarınmışlar, sandık, sepet kulplarına bağlanmış salıncaklarda küçük çocuklarını uyutuyorlardı. Şimdiye kadar hiç ses çıkarmadıkları için balık gibi dilsiz zannettiğim bu hanımlar, vapur düdüğü gibi yırtıcı feryatlarla, "Aman Allahım, adam boğuluyor!" diye haykırıp duruyorlardı. Gösterdikleri yere baktım: Kırk elli metre kadar ilerimizde bir insan, dalıp çıkıyordu. Bu baş, bazen suların içinde büsbütün kayboluyor, sonra tekrar çıkıyor, ağzından balina gibi sular fışkırıyor; "İmdat!.. Cankurtaran... Müslüman yok mu?" diye feryat ediyor ve nihayet tekrar kayboluyor. O vakit dışarıda kalan iki kol, nevmit bir çırpınışla suları karıştırıyor, denizin o noktasını köpükler içinde bırakıyor... Manzaranın dehşetini gözünün önüne getiriyor musun Nermin!.. Ben de o köylü kadınları gibi bağırmak istiyordum. Fakat sesim çıkmıyor, dişlerim kilitleniyor, vücudum korkunç bir sarsıntı içinde titriyordu.

Fakat hayret! Vapur durmuyor, dönmüyor, eski süratiyle yoluna devam ediyordu.

Köylü kadınlar, şimdi kaptan köprüsüne dönmüşlerdi;

— Kaptan, gâvur musun?.. Vapuru çevirsene!

O sabah, kaptanımızla galiba sen de görüşmüştün. Tıknaz, kısa boylu, kırmızı yüzlü, beyaz bıyıklı bir bahriye mütekaidi... Elinde çubuğuyla kaptan köprüsünden sarkarak ahaliye bir şeyler anlatmak istiyor, fakat gürültü içinde kısık sesini işittirmeye muvaffak olamıyordu. Yüzünde telaştan ziyade hiddet vardı.

Nihayet, "Allah müstahakınızı versin" demek ister gibi bir hareket yaparak geri çekildi.

Bu defa ben, kaptan köprüsünün merdivenine fırladım. O, beni elimden tutup çekerek:

— Boğulan filan yok... Meraklanmayın küçük hanım... Anlatamıyoruz.

— ! ! !

— Allah belasını versin!.. O, öyle bir zevzektir ki her hafta biz buradan geçerken boğulur, sonra dirilir... Sahiden geberse bir daha tongaya basar mıyım?

Aşağıdaki telaş ve çığlık da hafiflemişti. Güverteye çıkan birkaç gemici galiba ahaliye de aynı izahatı veriyordu.

Kaptan, bana açılır kapanır bir sadalye ikram ederek devam etti:

— Bu adam, bir sporcudur... Allah'ın belası bir herif! Fok balığı gibi karada da yaşar, denizde de... Birkaç seneden beri her yaz, arkadaşlarıyla beraber burada bir kamp kurar, bir iki ay kalırmış... Parmağımın istikametine bakın... Şu ağaçlıklı tepenin altında kaya gibi bir şeyler seçiliyor... Onların çadırlarıdır... Otuz, otuzbeş gün evvel buradan geçiyorduk... Bize aynı oyunu oynadı... Birinci defa olduğu için inanıp durduk... Sandal indirdik... Hatta soyunup denize atlayanlar oldu... Her ne ise, herifi vapura aldık. Melun, bu sefer de ölü taklidi yapar... Zaten bir menhus da suratı var...

Kaptan, hiddetle gülerek devam ediyordu:

— Hem öyle taklit ki, ben, ölünün bu kadar sahicisini görmedim... Böyle bed suratlısına tesadüf etmedim... Hâsılı, bir hayli uğraşırız, dilini çeker, vücudunu sarsar, yuttuğu suyu çıkarmaya çalışırız. Yine kadınlar bağırır, çocuklar ağlar... Artık ümidimi kesmiştim... Derken efendim, ölü birdenbire yerinden fırlayıp kalkmaz mı? Aman Allah, dehşeti tasavvur edin... Melunu yakalayıp temiz bir dayak çekmeliydim ama... Vakit bırakmadı ki... Kahkahalarla gülerek kendini denize attı. Deniz domuzu mudur nedir? Öyle bir yüzüş yüzüyor ki dünyada görmedim... Besbelli tabiat-i hayvaniyesi galip... Bak, dikkat et küçük hanım... "Aman Allah... İmdat!.." diye bağıran herif şimdi keyif çatıyor.

Vapur, hayli uzaklaşmıştı. O, şimdi uzakta –evinin şezlonguna uzanmış bir adam gibi müsterih– suların üstünde yatıyor, şarkı söylüyordu.

Kaptan, baba bir adamdı. Düşünceli bir tavırla güldü:

— Maahaza, melunun bizimle alay ettiğini bildiğim halde her defasında bir halecan geçiriyorum. Hain, günün birinde sahiden boğulsa, alay ediyor diye aldırmayacağız.

— Bu sporcu acaba nereli? dedim.

— Nereli olacak... Bizim hemşehri... Böyle antika malları İstanbul'dan gayri hangi toprak yetiştirir?

İhtiyar kaptan, iskeyele varıncaya kadar beni yanından salıvermedi. Zorla limonatalar, fındıklar ikram etti.

Buraların ne güzel bir denizi var Nermin... Kenarlar, üzerlerine kafile kafile deniz kuşları inip kalkan taş parçalarıyla dolu olduğu için biz hayli açıktan gidiyoruz. Fakat denizin derinliği o kadar az, sular öyle temiz ve şeffaf ki kumlar, yosunlar, beyaz çakıllar görünüyor. Suyun yüzündeki buruşuklar, güneş akisleri yeşil harelerle denizin dibine vuruyor... Vapurun gölgesi fantasmagorik bir masal hayvanı heyulâsı gibi ayaklarımızın altında kayıp gidiyor. Karşı sırtlardaki ekilmiş tarlalar, şimdi daha renkli ve parlak görünüyordu. Mutlaka bir teşbih yapmak lazımsa, onları tepelere, yamaçlara serilmiş renk renk kumaşlara benzeteceğim...

Vapur yine, zeytin ağaçlarıyla dolu bir burnu döner dönmez kasaba göründü. Kırmızı kiremitleri, güneşe karşı parlayan camlarıyla şirin bir yer... Koyda bize doğru iki sandal geliyordu... Yaklaşınca, bizimkiler olduğunu gördüm; dayım, yengem, İsmet Hanım, Vesime, Handan, Remzi Bey, Remzi Bey ailesinden bazı kimseler... Beni karşılamaya geliyorlardı. Vapur iskeleye yanaşıncaya kadar ben içeriden onlar dışarıdan yarı sözle, yarı işaretle konuştuk.

Nermin, bugün evden çıkmamak, akşama kadar sana mektup yazmak istiyordum.

Bizimkiler bugün damat bey ailesi tarafından tertip edilmiş bir pikniğe davetli... Biraz hasta olduğumu bahane ederek gitmedim. İki günden beri hazırlıkla meşgul olan Remzi Bey'in birdenbire neşesi kaçtı. Kendisi pek ısrara cesaret edemiyor, çoluğu çocuğu üstüme musallat ediyordu. Ben, inat ettim.

Şimdi onlar, koyun nihayetindeki zeytinlikte eğleniyorlar... Belki bu saatte yorulmuşlardır. Onlarla berabermiş gibi biliyorum: Yaşlılar, ağaçların altına serilmişler... Cansız cansız bu seneki mahsullerden bahsediyorlar... Bir kısmı belki uyuyor. Gençler, grup grup zeytinliklerin arasına dağılmışlardır... Remzi Bey ile Vesime'ye gelince, balayı arifesinde bulunan mesut nişanlıların akşam saatlerinde deniz kenarına gitmeleri eski bir ananedir... Onun için Remzi Bey de Vesime'yi dikenli bir keçi yolundan denize indirmiştir. Saf kızcağız, nişanlıma naz ediyorum diye kim bilir ne zevzeklikler etmiştir. Bunları tasavvur ettikçe kendi kendime kahkahalarla gülüyorum. Mesela, Vesime, "Bu yokuştan inmeye korkuyorum. Başım dönüyor!" diye yere çömelmiştir. Remzi Bey, "Gel efendim... Başım üzerinde yerin var... Seni omuzlarımda taşıyayım... Hayatın dikenli yollarında da seni böyle taşımak benim için en tatlı bir yüktür!" tarzında âşıkane felsefeler yapıyor... Mesela, kızcağızımın eline diken batıyor... O, bir hançer darbesi yemiş gibi sızlanırken, öteki telaş ediyor... Remzi Bey'in de tabii telaş göstermesi lazım: "Ver efendim bakayım... O benim için yaralanan parmağı... Dikenler, hissiz mahluklar... Böyle nazik bir teni rencide etmeye nasıl da tahammül ederler?.. Minimini çocukların bir yeri acıdığı zaman anneleri onları buselerle tedavi eder... Müsaade eder misiniz ben de aynı usul ile sizi tedavi edeyim?" gibi sözlerle şiirin en yüksek mertebelerine uçuyor... Nihayet, deniz kenarındaki sevda sahneleri... Mamafih, yine şundan da eminim ki, bunları Remzi Bey'in yüreğinden ziyade dili söylüyor. Zavallı çocuk, saadetinde bir eksiklik, içinde manasız bir mahzunluk hissediyor. Fakat sebebini kendi de bulup çıkaramıyor. Biraz kırgın, isteksiz bir tavırla nişanlısını sahilde gezdirirken şöyle düşüncelere kapılıyor.

"Evet, hiçbir eksiğimiz yok... Dekor mükemmel... Hava âlâ... Yanımda bir nişanlı var ki ona tesadüf etmesem aşkın ne olduğunu bilmeden dünyadan gidecektim...

Evet, Vesime genç kızların en ekstra ekstrası... Mesela, o melun inatçı Sâra, onun tırnağı olamaz... Bugün bir türlü bizimle gelmek istemedi... Ehemmiyeti yok ama... Bu oyunbozanlık ayıp şey... Hastalığı mutlaka yalandır... Belki şimdi gezmeye bile çıkmıştır... Erkence dönsek belki yolda görürdük. Ah, Vesime, sen bin yaşa... Aşkı sen bana tanıttın."

Mektubum kitap gibi uzadı Nermin... Fena yoruldum... Bana müsaade edersen biraz gezmeye çıkayım. Onların dönecekleri yolun aksi istikameti tutacağım, karanlıkta geri döneceğim... Allahaısmarladık Nermin.

Sâra

VI

Sâra'dan Nermin'e

Nermin,

Uzun bir mektubunu aldım. "Sizin düğün uzayacağa benziyor. Mutlaka bir bahane bul... Hiç olmazsa bir iki hafta İstanbul'a gel... Sonra yine gidersin" diyorsun. Bu yaz nasıl eğlendiğinizi uzun uzun anlatıyorsun... Beyhude gayret Nerminciğim. Şimdilik İstanbul'a dönmeme imkân yok... Çünkü, ben de burada dehşetli eğleniyorum. Bir kere, burası senin zannettiğin gibi "sevimsiz, şiirsiz, ölü" bir köy değil... İnsan, gerçi karaya ayak basınca yarı harap bir eski kasaba görüyor: Bozuk kaldırımların arasından çamurlu sular akan eğri büğrü dar sokaklar... Çarpılmış cephelerine asmalar, yahut tütün demetleri asılmış kerpiçten, yahut kararmış tahtadan, çürük çarık evler... Şalvarlı, poturlu bir alay işsizle dolu kahveler... Cemakânları kirden, pastan adeta buzlucam halini almış minimini dükkânlar... Sokaklarda çamurlu köpekler, sıska keçilerle oynayan yarı çıplak çocuklar. Hâsılı, ilk tesir çok fena... Fakat kasabadan çıkınca manzara birdenbire değişiyor... Ahaliden birçoğu zengin olmuş... Zengin olunca tabii oturduğu yeri, fakir kalan komşularını beğenmemiş... Kasabanın haricindeki zeytinliklere doğru açılmış, uzanmış... İnsan, orada kendini hemen hemen İstanbul sayfiyelerinden birinde sanıyor... Zeytinlikte adeta zarif, sevimli evler, köşkler yaptırmışlar... Hem de bir tane, beş tane değil... Bizim Remzi Bey'in ailesi yerli zenginlerin hemen hemen bir modeli gibidir. Pek çoğu senenin büyük bir kısmını İstanbul'da geçirirler... Eksik olmasınlar, İstanbul'a İstanbulludan çok fazla ehemmiyet verirler ve rağbet gösterirler. Giyinmek, yaşamak, konuşmak itibariyle İstanbulludan farkedilmemek, onlar için bir idealdir... Onun için diyebilirim ki, burada İstanbul'dan daha fazla merasim ve etiket vardır...

En akla gelmeyecek yerde, İstanbul barlarının en yeni bir parçasının ıslıkla çalındığını işitip hayret edersiniz... En alaturka bir çardağın içinde yine en yeni bir elbise modelini görmek mümkündür... Hele gramofonlar usanç verecek derecede... Neredeyse çobanlar kaval yerine bellerine birer portatif gramofon asacaklar... Ben, en ziyade ağustosböcekleriyle kurbağalara acıyorum. Biçareler, ihtimal, gramofonu, kendilerine rekabet için bu diyara gelmiş bir acayip hayvan sanıyor, onun yırtıcı sesine ne yapsalar mukabele edemeyeceklerini anlayarak ümitsizliğe düşüyorlardır...

Hâsılı, bu memleket, eski alaturka kasabanın üstünde ekstra modern sayfiyesiyle şalvar üstüne frak giymiş bir insana benziyor.

Anlatması uzun sebeplerden dolayı düğün gecekiyor... Fakat gelin güvey de dahil olmak üzere kimse bundan şikâyet etmiyor...

Dayımın köşkü bir otel, emsalsiz bir eğlence yeri şeklini aldı. Bahçıvan odalarına kadar her köşe bucak misafirlerle dolu... Bir iki güne kadar akrabadan bir aile daha gelecekmiş... Remzi Bey, onlar için galiba bir çadır hazırlıyor. Misafirlerin en büyük kısmı düğün için davet edilmiş akraba... Uzaktan yakından, aman ne çok akrabamız varmış Nermin... Ne ismini cismini bilmediğim kuzinler, kuzenler, yengeler, enişteler... Hep bir araya toplansaymışız hemen hemen bir devlet teşkil edecekmişiz. Bunlardan başka bazı teklifsiz aile dostları da var.

Mamafih, köşkteki düğün alayı sade bundan da ibaret değil... Damat beyin ailesi de bütün gün, bütün gece burada... Hemen, yalnız yatmak için evlerine gidiyorlar gibi bir şey... Yerli komşulardan pek sıkı görüşenleri de ilave edersen, liste tamam olur.

Düğün alayımız dünyanın en zengin, en alaylı bir tiyatro kumpanyasına benziyor... Şahısları sana birer birer tanıtmak uzun sürer. Sana onları yine tiyatro kumpanyalarında olduğu gibi sınıf sınıf, cins cins ayırayım. Evvela dayım ve yengem başta olmak üzere yaşlılar ve ağırbaşlılar grubu.

Bunları da ikiye ayırmak mümkün... Bir kısmı dayım ve yengem gibi yenilik taraftarları, öteki kısmı İsmet Hanım ve kocası gibi koyu muhafazakârlar... Bunlar, bu yaşayış tarzını beğenmiyorlar, çirkin buluyorlar. Fakat seslerinin çıkmayacağına emin oldukları için çaresiz silah teslim vaziyetteler... Sade, birbirlerine acı acı, manalı manalı gülümsemekle, ümitsiz tavırlarla başlarını, kollarını sallamakla iktifa ediyorlar...

Bu âyan sınıfının vazifesi, gençler fazla taşkınlık ettiği vakit hafifçe müdahale etmekten ibaret gibidir...

İkinci grup, ehemmiyetli genç kadınlar ve kızlar... Kimi alâmerikan, serbest, gürültücü ve cesur, kimi sinsi ve hayalperest...

Sonra, genç erkekler sınıfı... Onları tasvire bilmem lüzumu var mı? Bu yeni erkekler birbirlerine öyle benziyor ki... Bizim İstanbul grubumuzdaki erkek arkadaşların biraz çehrelerini değiştir, onları görmüş gibi olursun:

Hepsinde aynı fikirler, aynı emeller, aynı iddialar...

Nihayet rolleri, sahnede öteberi götürüp getirmek, kalabalık yapmaktan ibaret gibi görünen üçüncü, dördüncü derecede manasız figüranlar sınıfı...

Bütün bu hayat aktrist ve aktörleri başıboş bir halde bir araya getirilince kopacak curcunayı tasavvur edebilirsin... Mütemadiyen oyun, şaka, delilik, müzik ve dans... Bazen kulis aralarında küçük küçük flörtler, gönül fantezileri, aşk maceraları geçiyor...

Bu truptaki rolümü tabii tahmin etmişsindir Nermin... Ben, onların bir nevi primadonnasıyım... Bu rolü büyük bir zevk ve ihtimam ile oynuyorum. Hâkimiyetim karşısında herkesin az çok boynu bükük...

Bir füsun gibi bütün gözleri, gönülleri kendime çekiyorum.

Şimdi, artık burada "Bütün ruhumla eğleniyorum... Yakında İstanbul'a dönmeye hiç niyetim yok!" dediğime inanıyorsun, değil mi?

....

Mektubumu burada kesiyorum Nermin. Yarın akşam Remzi Bey'in ailesi bir ziyafet veriyor. Şimdiye kadar görüştüğümüz bazı davetliler de varmış.

Biraz evvel Remzi Bey, hafifçe kapıma vurdu. Onu, ağır adımlarla yaklaşmasından, kapıya vurmadan evvel yarım dakika tereddüt etmesinden tanıyorum.

Dayımın damadı, mahcubane gülümseyerek:

— Sizden büyük bir ricam var... Biraz garip olacak ama... Yarın geceki davette çok eğlenilmesini, hiçbir şeyin eksik olmamasını istiyoruz... Program yapmak için bize biraz yardım etmez misiniz, Sâra Hanım?

Tabii, bu arzuyu reddetmedim. Onun için şimdilik adiyö Nermin...

Sâra

VII

Sâra'dan Adnan Paşa'ya

Vefasız paşa babacığım,

Mektup yazmadığımdan şikâyet ediyorsun. "Vakit bulamıyorum" desem yalan olur. Çünkü, Marmara'nın bu sakin köyünde, zeytinlerin gölgesi altına uzanıp kitap okumaktan ve sevdiklerimin hasretini çekmekten başka işim, eğlencem yok. Size mektup yazmak için elbette vakit bulabilirdim. Fakat hakikati niye saklamalı? Kendimi o kadar zorluyorum, bir türlü içimden gelmiyor. Sana fena halde dargınım baba... Başkalarının sözüne uydun, annemi yanına aldırdın. Kızını buralarda bıraktın. Zavallı Sâra, leyleğin yuvadan attığı yavrulara döndü.

Sana bir şey daha itiraf edeyim mi baba? Ben, sade sana değil, anneme de dargınım. Burada kalmama bir parça da o sebep oldu. Zaten sen olmadığın için bir yetim gibiydim. Kendisi de gidince büsbütün boynumun büküleceğini, fazla olarak bir de öksüz vaziyetine düşeceğimi aklına getirmedi. Evet, baba; ben, şimdi hem babasını, hem annesini kaybetmiş öksüzlere benzedim. Fazla olarak annemi senden kıskanıyorum. Kıskançlığın bu şekli görülmüş şey mi? Fakat ne yapayım... Hakikat böyle. Bazen kitabımı dizlerimin üstüne bırakıyorum, gözlerimi kapıyorum... Hafif, ılık bir rüzgârla mütemadiyen sallanan zeytin yapraklarının yüzüme elediği güneş aydınlıkları içinde sizi düşünüyorum... Annemle karşı karşıya oturduğunuzu, kol kola kırlarda dolaştığınızı görür gibi oluyorum. O dakikalarda, belki, dünyada bir kızınız olduğunu düşünmüyorsunuz bile... İçimde gayr-i ihtiyari bir isyan uyanıyor, gözlerimden yaşlar akıyor... Ah, baba; sen bana çok fenalık ettin. Halbuki ben... Haydi onu da söyleyeyim... Babama olan perestişime belki bir zarar gelir diye evlenmekten, şimdiye kadar bir yuva sahibi olmaktan bile korktum... Beni ne kadar iyi yerlerden istediklerini biliyorsun baba...

Senin sevgili arkadaşlarından –belki sınıf arkadaşlarından– bir güzel paşa... Karun gibi zengin, Herkül ve Hazret-i Ali gibi heybetli, Trabzonlu bir fındık tüccarı... İbn-i Sinâ gibi âlim, Hazret-i Yusuf gibi afif, Mısırlı bir Câmiü'l-Ezher müderrisi... Aydede gibi parlak yüzlü, kendi yanaklarının revnak ve parıltısından kamaşmış gibi görünen titrek mavi gözlü bir mebus... Mankenler gibi biçimli ve şık gençler... Hâsılı, bana birçok kısmetler çıktı. Israrlarınıza rağmen hepsini reddettim, paşa baba... Bu fedakârlıklar, hep senin içindi. Yoksa, benim de şimdiye kadar bir evim olabilirdi. Mütevazı ve sakin bir kız olduğum için böyle fevkalade adamcalarla evlenmeye cesaret edemezdim. Fakat kendi halinde çalışkan ve namuslu bir adamcağızın zevcesi olabilirdim.

Annemi yakında gönderirsin, değil mi paşa baba?.. Vallahi bu kış onu senden ayırmazdım. Fakat hastalık, sağlık insan için... Ya hasta düşersem diyorum... Yalnız hasta olmak, hatta belki... Söylemeye dilim varmıyor ama... Yabancılar arasında sevdiklerinden uzak... Her neyse paşa baba... Seni boş yere mahzun etmeyeyim...

Dayımın zeytinliğinde münzevi ve sakin bir hayat geçiriyorum... Haydar Bey'in tavsiye ettiği güneş banyoları çok iyi geldi... Geceleri erkenden yatıyorum... Sâra'n bir köy kızı gibi sade yaşıyor ve mütemadiyen seni düşünüyor.

Sâra

VIII

Sâra'dan Nermin'e

Sevgili Nermin,

Burada da geceleri gündüz etmeye başladık Nermin... "İnsan, güneşi üstüne doğdurmamalı!" diye meşhur bir atasözü vardır. Güya uyuyan bir insanın üstüne güneş doğarsa o insan, o gün ağırlıktan, baş ağrısından kurtulamazmış. Eski adamların her sözünde mutlaka bir hikmet vardır, diye biz de bu tavsiyeye mümkün olduğu kadar riayet ediyoruz. Ekseri geceler, güneşin doğduğunu görmeden evvel uykuya yatmıyoruz. Mamafih bende mübarek büyükbabalarımızın bu sözüne karşı da bir itimatsızlık uyanmaya başladı. Çünkü gün doğmadan gözlerimi kapamadığım halde eskisinden daha hafif kalkmıyorum. Nitekim bugün de hemen hemen hasta uyandım. İki saate yakın bir zaman hafif bir yarım baş ağrısından kurtulamadım... Dün gece Remzi Beyler'in bahçeside harap oluncaya kadar eğlendik... Vakit ikindiye yaklaştığı halde köşkte hâlâ uyuyanlar var... Uyanık olanlar da gözleri şiş, yüzleri sararmış, yorgun ve sessiz, ötede beride dolaşıyorlar...

Kalabalığımızı bir tiyatro kumpanyasına benzetmiştim. Dün geceki davette bu kumpanya şeklini değiştirdi, büyük bir cambazhane halini aldı. Ona bu manzarayı veren yeni sporcu arkadaşlarımızdır. Evvelki mektuplarımdan birinde sana kasabadan birbuçuk saat kadar uzakta deniz kenarında kamp kuran sporculardan bahsetmiştim. Hatta bunlardan bir münasebetsizin denizde boğulma taklidi yaparak vapuru telaşa verdiğini uzun uzun anlatmıştım.

Bu sporcular onbeş kadar gençtir. Birkaç seneden beri her yaz kotralarla bu sahile gelirler, iki üç ay kamp hayatı geçirirlermiş.

Remzi Bey ailesi bu gençlerden bir kısmını tanıyor. Dün geceki bahçe eğlencesine de bir yenilik olsun diye onları davet ettiler. Hepsiyle çabucak dost olduk. İnsanlar kırlarda birbirleriyle daha çabuk teklifsiz oluyor. Doğrusu çok neşeli ve temiz kalpli çocuklar...

Ortalık karardıktan sonra onların öyle bir gelişleri vardı ki anlatamam. Bisikletlerini kırmızılı, yeşilli kâğıt fenerlerle süslemişlerdi... Karşı tepeden inen karanlık yolda, zeytinlerin arasında bu ışıkların beneklenip akması görülecek şeydi...

Bizimkilerin elbiseleri de onların fenerleri gibi renk renkti. Kocaman bir cemaat halinde bahçeden çıktık, onlara doğru yürümeye başladık.

Sağlam göğüslerinin bütün kuvvetiyle hep bir ağızdan söyledikleri türküler, marşlar on, onbeş dakikalık yoldan bize kadar geliyordu. Bir dörtyol ağzını dönünce onlarla karşılaştık. Birdenbire şarkılarını kestiler. Sükût içinde bisikletlerinden atlıyorlar, beklenilmez bir tehlike karşısında gibi hep bir araya toplanıyorlardı.

Koşmak, atlamak, yüzmek, boğuşmakla geçen kamp hayatı anlaşılan bu çocukları biraz vahşileştirmiş, ilk insanlar haline rûcu ettirmişti. Kadından adeta ürküyorlardı.

Mamafih bizim cemaatimiz de korkulmayacak gibi değildi: Aramızdaki erkeklerden başka yirmiye yakın renk renk kadın ve kız... İki kafile karşı karşıya durmuştu. Onların arasından uzun boylu bir genç, bizim içimizden de

Remzi Bey'in küçük kardeşi Lâtif Bey ilerledi. Bu sporcuların asıl arkadaşı Lâtif Bey'dir... O, Remzi Bey gibi Avrupa filan görmemiştir... Bütün merakı avcılıktır. Senenin her mevsiminde ve ayında avın bir ayrı nev'iyle meşguldür.

Remzi Bey, geçen gün anlattıydı da şaştım. Zavallı adam, kışın yabanördeği avlayacağım diye haftalarca dere kenarlarında sazların arasında, ayı inine benzeyen kuyular içinde yaşarmış... Ne diyelim... İnsanların her biri bir türlü deli!... Misafirlerin uzun boylu reisiyle Lâtif Bey, iki tarafı birbirine takdim etmekle meşgulken bir motor gürültüsüdür koptu...

Sporcuların arkasından gelen bir motosiklet, tozu dumana katarak süratle yanımızdan geçti. Öyle ki, aramızdan korkanlar, yol kenarındaki çitlere doğru koşanlar bile oldu... Giyinişine nazaran bu da onlardan olacaktı. Fakat böyle bizi çiğnercesine geçip gitmesine ne mana verilebilirdi?

Sporculara baktım. Onlar da bizim gibi hayret ediyorlar, yavaşça birbirlerine bir şeyler söylüyorlardı.

Uzun boylu reis, yüksek sesle Lâtif Bey'e:

— Homongolos... Malum... Aklına esti... Kusura bakmazsınız, dedi.

— Nereye gitti acaba?

O, yalnız gülmekle iktifa ederek "bilinmez ki!..." işareti yaptı.

Kafile, Remzi Bey'in bahçesine doğru sessiz sessiz yürümeye başlamıştı... Onlara da, bizimkilere de bir muvakkat vakar ve ciddiyet gelmişti.

Ben, kendi kendime arkada kalmıştım. Vesime ile kol kola yürüyen Remzi Bey, adımlarını yavaşlattı. Ara sıra durarak eliyle nişanlısına uzakta bir şeyler gösteriyor, onu lakırdıya tutuyordu.

Bu, geride kalmak, benimle konuşmak için bir manevraydı.

Zavallı Remzi Bey, bir zamandan beri yeni bir âdet çıkardı: Hep bir arada gezmeye çıkıldığı vakit bazen uzak düşüyoruz. Remzi Bey, ne yapıp yapıyor, kolunda Vesime ile yanıma geliyor... Manevrayı nişanlısına sezdirmemek için öyle gayret ediyor ki, âdeta çok zeki bir insan oluyor.

— Siz misiniz Sâra Hanım?.. Niçin o kadar geri kaldınız?..

— Bilmem... Öyle oldu.

— Bu gece çok eğleneceğiz sanıyorum.

— Öyle görünüyor... Demin yanımızdan motosikletle biri geçti... Homongolos dediler... Merak ettim.

Remzi Bey, uzun bir konuşma bahanesi çıktığı için memnun, anlatmaya başladı:

— Homongolos, buradaki sporcuların hakiki reisidir... Şayan-ı hayret bir adamdır... Fevkalade kuvvetli ve çeviktir. Sporun her nev'inde kudretini teslim ettirmiştir. Fakat bilhassa motosiklet meraklısıdır... Sonra harikulâde bir yüzücüdür... Deniz, onun için evinin bahçesinden daha emindir...

— Gelirken, denizde boğulma taklidi yaparak bizi aldatan bir sporcuya tesadüf etmiştik. Sakın o olmasın? dedim.

Remzi Bey:

— Ta kendisi, dedi, zaten bir ismi de Kayabalığı'dır. Mamafih bu ismi ona yüzücülüğünden ziyade çehresi için vermişlerdir... Yüzünü görseniz tıpkı kayabalığına benzer.

— Homongolos ve Kayabalığı diye iki ismini söylediniz... Fakat hakiki ismini unuttunuz?..

— Asıl ismi Ziya'dır. Ama hemen hemen kimse bilmez... Onu, Homongolos diye tanırlar.

— Ne münasebet?

— Bilmem gördünüz mü? Homongolos bir sinema filmi kahramanıdır... Muhayyel bir kâşif, sun'î bir adam yapmaya muvaffak olur... Bu makine, birçok cihetlerden insana fâiktir. Mesela, insanlardan daha tendürüst, daha kuvvetlidir... Zihni, zekâsı bizden daha mütekâmildir... Hâsılı, ideal bir insan... Fakat büyük kâşif, bu sun'î adama yalnız bir hassayı vermeye muvaffak olamamıştır: Kalp ve his...

— Bunun için mi ona Homongolos diyorlar?

— Evet... Homongolos kuvvetli, zeki, metin iradeli, şen, hatta biraz zevzek ve maskara denecek kadar şen bir adamdır... Fakat taş gibi halsizdir. Ölene acımaz, ıstırap çekene güler... Sevgi ve şefkati gülünç bir zaaf addeder... Aşk, onun için bir manasız masaldır... Ana, baba, kardeş, evlat muhabbeti onun için izah edilemeyecek bir muammadır... Bu nokta-i nazardan Homongolos hakiki bir makineden farksızdır.

— Kaç yaşında var?

— Otuz, otuzbeş...

— Bu adam hayatında hiç kimseyi sevmedi mi?

— Ne mümkün? Bir kere onun için "güzel" kelimesinin manası yoktur... Güzel manzara, güzel ses, güzel hayvan onun için muammadır... Seven insanlara hasta der.

— Mesela, sizin Vesime'yi bu derece sevdiğinizi bilse?..

— Benimle pek fazla ahbap değildir... Bazı nazı geçecek arkadaşlarından olsam eminim ki zorla kolumdan tutarak yatağa yatırır, ıhlamur içirmeye, keten tohumu lapası yapmaya kalkar... Onun ne kadar hissiz bir adam olduğunu göstermek için size bir vaka anlatayım. Bunun kardeş gibi beraber büyüdüğü bir arkadaşı varmış... Harpte feci bir surette yaralanmış. Hastaneye kaldırmışlar... Homongolos, gece gündüz yatağının başından ayrılmıyormuş.

Yaralının İstanbul'da güzel bir nişanlısı varmış... Zavallı çocuk, sevdiğinin ölmek üzere olduğunu haber alınca duramamış... "Onu mutlaka son bir defa göreceğim!" diye feryada başlamış... Bir türlü önüne geçememişler... Üç günlük bir seyahatten sonra yarı ölü bir halde hastaneye gitmiş. Yaralı sevgilisini son bir defa kucaklamak istemiş... Fakat Homongolos, iri vücuduyla kapıya dayanmış, "Hasta ağırdır... Doktor kimse ile görüştürülmemesini tembih etti... Müsaade edemem!" demiş... Genç kız, hıçkırıklarla ağlıyor, yerlerde sürünerek bu canavarın ayaklarını öpüyormuş... Fakat Homongolos böyle şeye acır mı?

— Orada insan yok muymuş... Müdahale etmemişler mi?

Remzi Bey, acı bir tebessümle:

— Homongolos'u tanımıyorsunuz... Kim ona karşı durmaya cesaret edebilir? Mamafih facia bu kadarla da kalmıyor... Can vermek üzere olan hasta, nişanlısının feryatlarını işitmiş, o da Homongolos'a yalvarmaya başlamış... Ölecek bir hastanın son arzusu kırılmaz değil mi? Bahusus insanın beraber büyüdüğü bir arkadaş, hemen hemen bir kardeş... Homongolos, yine merhamet etmemiş... "Doktor müsaade etmedi. Ben ne yapayım?" diye kapıyı içeriden sürmelemiş... Genç kız, bir zaman daha kapının önünde çırpınıp ağlamış. Nihayet, yarı baygın bir halde onu oradan uzaklaştırırlarken yaralı da arkadaşının kolları arasında gözlerini kapamış... Biçare, belki ağlayarak ölmüştür.

Bu hikâye, beni fena halde sarsmıştı. Hafif bir isyan feryadıyla:

— Kabahat oradaki kalpsizlerin, dedim, hep birden bu canavarı parçalamalıydılar!..

Remzi Bey yine o acı gülümsemesiyle devam ediyordu:

— Homongolos işte böyle bir adam, Sâra Hanım... Mamafih kimseye bir zararı yoktur... Hatta iyilik etmekten hoşlanır...

— Böyle tozu dumana katarak kaçıp gitmesinin sebebi nedir?

— Onu arkadaşları da anlayamadılar. Homongolos, bu geceki davette bulunacağını vaat etmişti. Arkadaşlarıyla beraber güzel güzel yola çıkmış... Halbuki kimseye bir şey söylemeden kaçıp gitti. Gördünüz ya... Arkadaşları da bizim gibi hayret içinde kaldılar.

— Bu adam mutlaka deli!..

Remzi Bey, biraz tereddüt ettikten sonra:

— Ben, asıl sebebi tahmin ediyorum, dedi, hanımları galiba kalabalıkça gördü.

— Acaba utandı mı?

— Ne münasebet efendim? Homongolos gayet cesur, hatta bazı noktalarda küstah bir adamdır. Biraz evvel onun sevmek kabiliyetinden mahrum, hissiz bir adam olduğunu, güzelliğin hiçbir nev'inden bir şey anlamadığını söylemiştim. Böyle bir insanın bir kadın aleyhtarı olmasını biraz tabii bulmalı. Bu aleyhtarlık bazen düşmanlık şekline bile girer. Homongolos, kadınlardan kaçar, bazen zaruri olarak onlarla konuştuğu zaman evvela terbiyeli terbiyeli söze başlar... Sonra kendini tutamaz, yavaş yavaş sapıtır.

— Bende bu kadın düşmanını görmek için bir merak uyandı, dedim, acaba nereye gitti?

— Bilinmez ki. Canavar gibi bir adam.

Bahçenin önüne gelmiştik... İçeride yarım saat kadar bir zaman can sıkıcı bir resmiyet hüküm sürdü. Öyle ki adeta onları davet ettiğimize pişman olmak raddelerine geliyorduk. Yolda ilk rastgeldiğimiz zaman yaptıkları gibi yine hep bir araya birikmişler, bahçenin bir köşesinde adeta müdafaa vaziyeti almışlardı. Aramıza karışmaya, konuşmaya utanıyorlardı.

Yüzleri, yarı açık göğüsleri güneşten adeta kırmızı bakır rengi alan bu iri, kuvvetli gençler, adeta birer saf çocuktu. Bir şey ikram edildiği ve sorulduğu zaman kızarıyorlar, kekeliyorlardı.

Baktık ki misafirlerimiz çalçene salon zevzekleri değil... Biz, böyle sabaha kadar ağır dursak onlar da vaziyeti değiştirmeyecekler... Nâçar, tabiyeyi değiştirdik...

Handan'ı yanıma çağırdım:

— Sen, spora meraklısın, dedim, gazetelerde maçları falan takip edersin... Son hadiselere dair bir şey biliyorsan ortaya at... Çeneleri açılsın.

Handan, gülümseyerek başını salladı, sonra bilmem hangi boks maçından hararetle bahse başladı:

— Bu mağlubiyete aklım ermiyor, diye yalandan gözlerini açarak halecanlanıyordu.

— Bilakis ben, pek tabii buldum, dedim, zaten bekliyordum. Bu galebe, bence muhakkaktı.

Kimin galip, kimin mağlup olduğunu bilmediğim halde halecanla, hararetle Handan'a hücum ediyordum. Hilemizin umduğumuzdan daha büyük bir tesiri oldu. Sporcular birdenbire canlanmışlardı.

Evvela, biri izahat vermeye başladı. Fakat ilk sözlerden sonra bir ikincisi, bir üçüncüsü, bir dördüncüsü lakırdıya karıştı. Biraz sonra hep bir ağızdan söylüyorlardı.

Bir köşeye oturup susmakla geçirdikleri zamanı telafi etmek ister gibi büyük bir şevk ve canlılıkla konuşuyorlar, birbirleriyle münakaşa ediyorlardı. Kelimeler, maksadı anlatmaya kâfi gelmedikçe dövüşür gibi, baş, bacak, ayak hareketleri yapıyorlar, dinleyenleri daha ziyade faaliyete geçirmek için iki lakırdıda bir "anladın mı, anladın mı, anladın mı?" diye birbirlerini dürtüyorlardı. Söyleyenler gitgide çoğalıp, dinleyenler azalınca bizi de birer birer muhataplar kadrosuna almaya başladılar. Bazen münakaşanın heyecanı içinde ağızlarından olmayacak kelimeler kaçırıyorlar, fakat hemen utanıp kızararak itizar ediyorlardı.

Kısa boylu, tıknaz bir genç, vuruştaki bilmem hangi hususiyeti bir arkadaşına tarif ediyordu. Fakat o, kulak asmıyor, "anladın mı, anladın mı?" işaretine ara sıra şiddetli dirsek darbeleriyle mukabele ederek bir başkasına dert anlatmaya devam ediyordu. Beriki, kendi kendine söylediğini farkedince utandı. Benim baktığımı gördü; çaresiz, bana anlatmaya başladı.

Ötede bir başkası, dayımla Makbule yengeme son mağlubiyeti izah etmek için bir arkadaşına müdafaa vaziyeti aldırmıştı. Çocuk, dizinin birini bükmüş, yüzü yumrukları arasında saklı, bir heykel gibi hareketsiz dururken, o zıplaya zıplaya etrafında dönüyor, onun kolları, bilekleri altından yumruğunu geçirerek vaziyeti anlatıyordu. Bazen yumruklar sahiden biçarenin yüzüne, çenesine isabet ediyordu.

Hele yanında olup da İsmet Hanım'ın halini görseydin gülmekten katılırdın... Arkadaşlarının "Cemal ağabey" dedikleri iri bir genç, sulak yerlerde yetişmiş ağaçlar gibi alabildiğince büyümüş vücudunun nasıl olup da o kadar ince kaldığına hayret edilen bir harem ağası sesiyle uzaktan işitemediğim bir şeyler anlatıyordu. Bu ince sese, bir danaya tesadüf etse soluk aldırmadan öldürecek derecede sert, korkunç hareketler refakat ediyordu. O, yumruklarını kapayıp İsmet Hanım'ın burnuna yaklaştırdıkça, zavallı kadın bir adım geri çekiliyor, gözlerini bir maymun gibi açıp kapıyordu.

Bereket versin dans, biçarenin imdadına yetişti. O dans ki İsmet Hanım mütemadiyen aleyhinde bulunur. Neyse, hayatında bir defacık olsun faidesini gördü.

Dans, iki tarafı çabucak birbirine ısındırdı. Galiba aramızda yegâne iştirak noktası o idi. Konuşmalar tabiileşti. İlâh, ilâh...

. . . .

Hâsılı, ilk dakikalarda bu gecenin nasıl geçeceğini büyük bir azap ile kendi kendimize sorduğumuz halde ortalık ağarmaya başlayınca, "Ne çabuk sabah oluyor?" diye teessüf ettik. Sporcu misafirlerle senli benli arkadaş olmuştuk. Dayım, cuma akşamı onların şerefine bir davet tertip etti. Düğün alayımıza sporcuları da bu suretle almış olduk... Nasıl, "kumpanyamız artık bir cambazhane şekline girdi" demekte haksız mıymışım?

Yeni arkadaşlarımız ilk tesire rağmen çok iyi çocuklar...

Cuma akşamına Homongolos'u da getirmeyi vaat ettiler. Bilmem niçin, ona pek ehemmiyet veriyorlar. Bu gece, eğlenceleri içlerine sinmedi.

İkide birde, –bizim alınmamız ihtimalini düşünmeyerek– "Nafile, o olmayınca meclislerin tadı çıkmaz!" diye teessüf ediyorlardı.

Nihayet, "Biraz patavatsızdır. Hanımlı meclislerde bazen zevzeklik eder, ama kusura bakmazsınız... Cuma akşamı ne yapar yapar, getiririz" dediler.

Gelecek mektbumda sana o geceye dair de tafsilat veririm. Orövuar Nermin.

Sâra

IX

Sâra'dan Nermin'e

Dün akşam Homongolos ile teşerrüf ettim.

Sporcu arkadaşlarımız, sözlerinde durmuşlar, kadın düşmanını hemen hemen zorla bize getirmişlerdi.

Sofralar tabii yine bahçeye, ağaçların altına kurulmuştu. Hayatımız burada bedeviler gibi açık havada geçiyor.

Biraz uzakta, karanlık bir köşeden onu seyrediyordum. Homongolos'u heykel gibi iri yapılı, korkunç ve karanlık bir heyulâ olarak düşünmüştüm. Halbuki o, orta boylu, hatta ortadan da biraz kısa bir adamdı. Ellerine, ayaklarına adeta küçük denebilirdi. Fakat vücudunun hareketlerinden kaplan gibi kuvvetli ve sert bir insan olduğu anlaşılıyordu.

Çehresine gelince, onu sana bilmem nasıl anlatmalı Nermin? Hani coğrafya kitaplarının başında beyaz, sarı, tirşe, kırmızı ırkların her birinden birer nümune gösteren resimler vardır. O resimleri gözünün önüne getir. Afrika zencilerinin kısa kıvırcık saçlı, sivrice başını al. Onun altına Avrupalının biraz çıkık alnını yapıştır. Sonra, Çinlilerin, Japonların uçları havaya kalkmış kaşlarını, badem gibi çekik gözlerini tak. Amerikan vahşisinin iri, kemikli, yırtıcı çenesini ilave et. Sonra yine onun kırmızı rengiyle bu çehreyi baştan başa badana et... İşte sana Homongolos'un başı. Artık bu çehrenin karşısına geç... Bak, bak, için açılsın. Kudretin neler yaratmaya muktedir olduğuna hayret et. Cenab-ı Hakkın binbir isim ve vasfı içinde bilmem bir de "yâ müstehzî, yâ karikatürist" var mı? Herhalde kudret, bu Homongolos'u yaratırken çok uğraşmış, harikulade bir karikatür bediası vücuda getirmiş...

Çocuklarımızı terbiye ederken, "Şunu yapmayın, bunu söylemeyin... günahtır. Cehennemde çatır çatır yanarsınız, zebaniler ateşten kerpetenlerle dilinizi koparır!" diyeceğimiz yerde, "Günah işlemeyin, sonra ahrette bu Homongolos'a benzersiniz!" diye korkutsak hepsi Ebussuud Efendi gibi başını secdeden kaldırmayan, dindar, kâmil insanlar olurlar.

Remzi Bey, Homongolos'un bir adının da "Kayabalığı" olduğunu söylemişti. Kayabalığını görmedim ama Homongolos'un arkaya kaçan yassı şakakları ve ağzı, garip bir balığa benziyor. Bilhassa ağzındaki benzeyiş öyle kuvvetli ki, gülmek için açıldığı zaman, insan bir dizi sağlam ve güzel insan dişi görünce adeta hayret ediyor.

Kadın düşmanının güzelliklerini tamamlamak için düşmeler ve boğuşmaların, futbol tekmeleri ve boks yumruklarının bu çehrede bıraktığı izleri, yırtıklar ve yamaları da saymalı.

Tevekkeli, "Allah ne yaparsa iyi yapar" dememişler Nermin! Ya maazallah bu adam, kadın düşmanı olacağına sözümüzden, sohbetimizden hoşlanan bir dost olsaydı?

Gizlendiğim yerden onu hayretle, ibretle seyretmekte devam ediyordum. Bir iki akşam evvel bizi görür görmez telaşla kaçmış, gece kuşları gibi karanlığın içinde kaybolup gitmişti. Sonra, bu gece onu yarı zorla getirmişlerdi. Bu tabiatta bir adamın vahşi bir çekingenlikle bir köşeye büzülüp suratını bir karış asması lazım gelmez miydi?

O, bilakis, gayet şen ve teklifsizdi. Bahçeye kırk yıllık bir aile dostu gibi girmişti. Aradan beş dakika geçmediği halde neşesi zevzeklik, teklifsizliği küstahlık şekli alıyordu.

Etrafına bir alay kadın, kız birikmişti. Cambazhanede acayip bir hayvanın hünerlerini seyretmeye hazırlanan seyirciler gibi ona bakıyorlardı. Homongolos, hiç oralarda değildi. Elleri pantolonunun ceplerinde, ağzında bir sigara, hiç fütursuz gülüp konuşuyordu.

Sahneye en son giren ben oldum. Takdim edildik. En sehhar bakış ve tebessümle güldüm. Çekik gözleri bir saniye üzerimde durdu. Ellerinden birini cebinden çıkardı. Ağzındaki sigarayı çıkarmaya lüzum görmeden, "Memnun oldum" dedi. Sonra, arkasını dönerek ötekilerle konuşmaya devam etti.

Şımarık Sâra, genç kızlar arasına geçtikten sonra ilk defa böyle bir muameleye uğruyordu. Bazı gizli güzellikler vardır ki ağır tesirli zehirler gibi yavaş yavaş kendini gösterir, tamamıyla anlaşılıncaya kadar aylar, yıllar geçer. Sâra'nın güzelliği bu cinsten değildi. İlk bakışta bir füsun gibi yüreklere işlerdi. Erkek olsun, kadın olsun, yüzüne ilk bakanların daima hayret ettiklerini, dakikalarca gözlerini alamadıklarını görmüştü.

Sâra, bu beğenilmeyi bir hak, güzelliğine karşı herkesin vermeye mecbur olduğu bir vergi telakki etmeye alışmıştı.

Halbuki bu Homongolos, bana tesadüfen yoluna çıkmış bir kedi yavrusu kadar ehemmiyet vermiyordu.

"Ne çıkar?" diyeceksin. Doğru. Fakat güzelliğime ve tesirime olan emniyetim bana başka bir ümit vermişti. "Ne kadar taş yürekli olursa olsun, o da işin nihayetinde bir insandır" diyordum, "benimle karşılaştığı zaman mutlaka bir parça sarsılacak..."

Hafif bir asabiyetle geri çekildim.

Homongolos, konuşmasına devam ediyordu. Ara sıra zevzeklik etmesine rağmen sözleri oldukça düzgündü. Mamafih, Handan bir münasebetsizlik etti, ihtiyatsız bir sual ile sözü fena bir mecraya sürükledi:

— Sizin için kadın düşmanı diyorlar. Tabii doğru değil!..

Homongolos, garip bir gülüşle cevap verdi:

— Ne münasebet efendim... Kadın düşmanlığı, fikrimce gayet ayıp şeydir... Civanmert bir insan, ancak kendi derecesinde, kendi kuvvetinde insanlarla çarpışır. Kadına düşman olmak, sokakta minimini bir çocuğa silah çekmeye benzer. Herhalde bendenize iftira etmişler.

Homongolos'un sözleri, hanımların müthiş protesto çığlıkları arasında boğuldu. Fakat o, hiç fütursuz devam ediyordu.

— Kadın düşmanlığı nasıl mümkün olur ki kuvvetinize gözyaşıyla, âh ü zâr ile mukabele ederler. Bir fikir münakaşasına girişseniz ortalığı yaygaraya boğarlar.

Bu sefer sporcu arkadaşlarımız da hanımlara iştirak ettiler. Zavallı çocuklar Homongolos'u getirdiklerine pişman oluyorlar, renkten renge girerek, "Homongolos... Homongolos... Kendine gel!.." diye bağırışıyorlardı. O, bir aktör gibi birdenbire vaziyetini değiştirmiş, mahcup, mütevazı bir adam olmuştu:

— Hanımefendiler... Ben, insan içine girecek bir adam değilim... Mutlaka bir münasebetsizlik yaparım, hem beni insan addederek lütf ve şefkatle himaye edenleri rencide eder hem arkadaşlarımı utandırırım... Fazla olarak kendim de müteezzi olurum. Bazen başka insanlar gibi dürüst ve makul söze başlarım. Sonra, yavaş yavaş sapıtırım. Sapıttığımın kendim de farkında olurum... Ancak dizgini kopmuş bir at gibi kendi kendimi zaptetmek kabil değildir... Doğrusu pek mahcup oldum... Yaptığım münasebetsizlik affedilir şeylerden değildir... Mamafih cezamı kendi elimle tertip edeceğim. Bir ceza ki siz de beğeneceksiniz.

Sofra ile uğraşan hizmetçilere varıncaya kadar bütün bahçe halkı Homongolos'un etrafına toplanmış, hayretle gözlerini açmış, dinliyordu. Cambazhanemizin en gülünçlü oyunlarından biri oynanıyor gibiydi. Homongolos, bir hâkim tavrıyla elini kaldırarak kendi kendini muhakeme ediyordu.

— Gerçi sana bu suali soran küçük hanımefendide de kabahat yok denemez... Fakat yaptığın münasebetsizlik affedilir şeylerden değildir.

— Ne yapayım reis bey... Delik kırba nasıl su tutmazsa benim ağzım da öyle söz tutmaz. Bu, bir hastalıktır. İsterseniz doktora muayene ettirtin... Maahaza, benim kabahatim düşündüğümü söylemekten ibarettir... Ne yapayım salonlarda, sosyetelerde uzun müddet idman yapamadım. Düşündüğümün tersini söyleyemiyorum...

— Sus, lakırdıyı uzatma! Cezasını tayin ettim... Seni bu meclisten ihraç ediyorum. Şimdi çıkacaksın... Ne bu terbiyeli cemiyetin tatlı sohbetinden, ne de şu masaları süsleyen renk renk cennet taamlarından istifade edemeyeceksin...

— Aman reis bey...

— Lakırdı istemem... Haydi bakalım... Sola dön... İstikamet sokak kapısı, marş marş!..

Homongolos, görülmeyen eller tarafından sürükleniyor, görünmeyen yumruklar, tekmelerle kovuluyormuş gibi garip vaziyetler alarak kapıya doğru gidiyordu.

Damdan düşercesine yaptığı münasebetsizlikten mi utanmıştı? Yoksa hoşlanmayacağını hissettiği bu kalabalıktan kaçmak için bir bahane miydi? Bilmiyorum. Muhakkak olan şu ki Homongolos, kapıdan dışarı çıktığı halde bir daha geri dönmeyeceği muhakkaktı. Makbule yengem, hemen ileri atıldı, gülerek yolunu kesti:

— Cezanız pek hafif Ziya Bey, dedi. Müsaade ediniz de biz daha bir ağırcasını tertip edelim, sizi bu gece sabaha kadar aramızda alıkoyacağız.

Birçok sesler bir ağızdan:

— Öyle... Doğru...Homogolos'u bırakmayın!.. diye bağırıyorlardı.

Zaten ona pek ciddi surette kızan da yoktu. İnsanlar ancak ehemmiyet verdikleri kimselere kızarlar, değil mi Nermin?

Homongolos, yengemin karşısında hafifçe başını eğerek razı oldu:

— Teşekkür ederim, dedi, yalnız insanlık hali... Bir münasebetsizlik daha edersem kusura bakmazsınız.

Bunları söyledikten sonra kalabalığa karıştı.

Cambazhanemizin baş klaununun rolü bitmiş gibiydi. Arkadaşları dans ederken, o kendi kendine bahçede dolaşıyor, ara sıra içki içmek için masalardan birine yaklaşıyordu.

* * *

Nedense bu adam, beni bu gece herkesten ziyade meşgul ediyordu:

"Bu kadın düşmanına acaba Makbule yengemin cezasından çok daha ağır bir ceza bulunamaz mıydı? Bir ceza ki ona kadının hakiki kuvvetini anlatsın. Ölüm döşeğindeki nişanlısını son bir defa görmekten men ettiği kızın intikamını alsın. Evet, bu adam, o hale getirilmeliydi ki bir daha kadından bu kadar istihfaf ile bahsetmesin!.."

Bu düşüncelerle Homongolos'a yaklaştım. O, şimdi sırtını bir ağaca dayamış, yine elleri cebinde, dans edenlere bakıyordu.

Munis, tatlı bir tavırla sordum:

— Siz dans etmiyorsunuz Ziya Bey?

Vaziyetini değiştirmeden cevap verdi:

— Seyrediyorum efendim.

— Dansı galiba sevmiyorsunuz?

— Hareketin her nev'i bence iyidir... Hiç olmazsa taklak atmak kadar sıhhi bir şeydir.

— O halde niye dans etmiyorsunuz?

— Efendim, edeceğim ama... bu dans, yalnız olmuyor... Mutlaka bir arkadaş lazım. Hem de boksta filan olduğu gibi bir erkek arkadaşla olmuyor değil mi? Arkadaşınızın mutlaka bir kadın olması lazım...

Yine başını çevirmeden hafifçe gülümsedi.

Ben, devam ettim:

— Siz ise bir kadın düşmanısınız.

— Vallahi efendim. İnsanın adı çıkacağına canı çıkmalı...

— Yalan söylemedikleri muhakkak değil mi? Nitekim biraz evvelki sözleriniz de onu teyit ediyordu.

— Küçük hanımefendi... Kerem buyurun... Daha demin bir çam devirdim... Onun sıkıntısı geçmeden kulunuzu bir ikinci gaf yapmak tehlikesine maruz bırakmayın... Bu nazik bahsi bırakalım.

— Bilakis, bu bahis üzerinde konuşalım.

Homongolos, nihayet başını çevirdi. O güzelim Çinli gözleriyle bir an bana baktı.

İlk adımı muvaffakıyetle atmıştım. Maksadım onu kızdırmak, hararetli bir münakaşaya sokmaktı. Sonra birdenbire tavrımı değiştirecektim.

Sakin, munis bir sesle:

— Ben başka kızlar gibi değilim Ziya Bey, dedim, münakaşaya tahammül ederim. Doğru söze hiç darılmam. Onun için benimle bir erkek arkadaş gibi açık konuşmanızda hiç tehlike yok...

Homongolos, bir kere daha bana baktı. Sonra yine, gözleri dans edenlere dikili, cevap verdi:

— O halde günah benden gitti... Pekâlâ biliyorsunuz ki bu danslar Afrika vahşilerinin icadı... Vahşiler bence en mükemmel, en tabii insanlardır. Medeni hayat dediğimiz şey, onları daha maskaralaştırmamıştır... Çelik gibi uzviyetleri, kaya tepelerinden dökülen sular gibi sert, coşkun hareketleri vardır. İnsaf ediniz. Bu insanların icat ettiği bir dansı bu eciş bücüş alayı nasıl oynar, nasıl kendine yakıştırır?

Homongolos, eliyle oynayanları gösteriyor, acı bir istihza ile gülüyordu.

Hilemi sezdirmemek için itiraz ediyor gibi göründüm:

— Evet, ama siz de teslim ediniz ki, bunlardaki ahenk ve zarafet vahşilerde bulunamaz.

— Bence zarafet ve ahengin birinci şartı kuvvettir. Bu çöp gibi cılız, tıknefes küçük hanımlardan birini kollarının arasına al, dön baba dön, zevk bunun neresinde bilmem ki?

— Evet, ama mesela onlardan biri sizin gibi kuvvetli bir erkeğin kollarında...

Homongolos, sözümü bitirmeme müsaade etmedi, omuzlarını silkerek:

— Hanımefendi, benim gibi bir erkek için böyle bir dans çok keyifli mi olur farz edersiniz? Başının üstünde dolu bir yumurta sepetiyle dans etmek herhalde daha kolay olur... Dadı kalfalar gibi, "aman küçük hanımın bir yerini incitmeyeyim" diye tatlı canını sıkıntıya sok. Mesela beraber dans ettiğimizi farz edelim... Ezkaza yanlış yahut biraz fazla sert bir hareket yapıyorum. Allah göstermesin bileğiniz çıkıyor. Yahut kalem parmaklarınızdan biri çıt diye kırılıyor... Can acısıyla terennüm eder gibi, "ay, ay, ay!" diye feryada başlıyorsunuz. Yahut da nazenin ayağınıza basıp kayabalığı gibi yamyassı ediyorum... Yere çömelip mecruh uzvunuzu elinize alarak zâri zâri ağlıyorsunuz.

Homongolos, beni hayalen en gülünç mevkilere sokuyor, küstah küstah gülüyordu. Üstüne atılıp sakil kırmızı suratını kedi gibi tırmalamak, o gülünç kıvırcık zenci saçlarını yolmamak için kendimi güçlükle zaptediyordum.

Mamafih teessürümden renk vermemek lazımdı. Şimdi ne yapsam, ne söylesem düşündüğüm ceza kadar kuvvetli olmayacaktı. Onun için bütün bu hakaretlere mazlum mazlum baş eğiyordum.

O, bir zaman daha zevzek zevzek söylendikten sonra:

— Efendim, müsaadenizle, dedi, arkadaşlardan birine bir şey söyleyeceğim de... Sonra unuturum. Akıl defterim de yoktur.

Cevabımı beklemeden gidiyordu.

— Ziya Bey, sözümün eri olduğumu teslim ettiniz mi? dedim.

O, hafif bir hayretle:

— Bana kızmadınız mı? dedi.

Aynı sakin tebessümle:

— Hayır, dedim, açık açık konuştuk... Düşündüğünüzü söylediniz... Bu beni, salon centilmenlerinin riyakâr komplimanlarından ziyade memnun etti.

O, tereddütle:

— Acaba? dedi.

Hakikati sezmesinden korkarak saf ve meyus bir tavır aldım:

— Evet, kızmadım... Sade, biraz mahzun oldum... O kadar.

* * *

Homongolos, yemekte de bir hayli münasebetsizlik etti. Evvela, herkes yanındakiyle konuşuyordu. Sonra söz umumileşti. Mevsimin en güzel eğlencesi olan denizden bahsediliyordu.

Hafifçe sarhoş olan Handan, sofranın öbür ucunda geveze bir kuş gibi ötmeye başladı:

— Sporların içinde yüzme kadar sevdiğim bir şey yok... Ilık suların kucağına kendimi atmak... O ne saadettir Yârabbim. Toprağı arkada bırakıp engine doğru açılmak... Gitmek, gitmek, gitmek...

Handan, gaşyolmuş gibi başını arkaya bırakıyor, yarı kapalı süzgün gözleriyle gökyüzüne bakarak gülümsüyordu.

Karşımda oturan Homongolos, bira içiyordu. Birdenbire boğulur gibi öksürmeye başladı... Havlusuyla yüzünü kapıyor, istakoz gibi kızarıyordu. Evvela, boğazına bira kaçtı sandık. Fakat sonra anladık ki kahkahalarla gülüyor. Bütün başlar ona çevrilmişti. İzahat vermesi lazım geldi. Dudaklarını kısarak:

— Af buyurun, diyordu, küçük hanımefendi deniz safalarından bahsediyorlardı...

Handan, gözlerini açmış, şaşkın şaşkın bakıyordu.

Homongolos, yine gülmeye başlayarak ona hitap etti:

— Toprağı bırakıp engine doğru açılmak... Gitmek, gitmek, gitmek... Pek güzel, pek âlâ ama... Bu nazlı nazik kollarla hangi ufuklara kadar... Gitmek, gitmek, gitmek... Bir de arkaya dönüp bakıyorsunuz ki, bir çuvaldız boyu yer gidilmiş... Boy verdiğiniz zaman ayaklar toprağa basmıyor... Fakat bereket versin ki kara gözüküyor... Kristof

Kolomb gibi "kara, kara, kara!" teranesiyle dönmek, dönmek, dönmek...

Handan, hiddetinden tıkanıyordu. Kızın sinirleri tutmasından, önünde bardak, tabak, sürahi ne varsa kaldırıp Homongolos'a fırlatmasından korktum. Makbule yengem de vaziyeti anlamıştı.

— Söz verdik... Ziya Bey'e darılmak yok! diye bağırdı.

İşi gürültüye boğmak için sofradakilerin kimi gülüyor, kimi yine, "Homongolos... kendine gel!" diye bağırıyordu.

Zavallı Handan, iyiden iyiye sersemlemişti. Ne çare, o da gülmeye başladı.

Bu defa ben söze karıştım:

— Ziya Bey'i haksız bulmuyorum, dedim, insan yüzüyorum demek için onun gibi yüzebilmeli ki... Ben gelirken onun vapurlara oynadığı bir oyunu gördüm... Ahaliyi öyle telaş ve heyecana düşürdü ki...

Homongolos, artık sofraya hâkim oluyordu. Gülerek anlatmaya başladı:

— Efendim, vapurcular aksi gibi beni bellediler. Artık kurtarmaya teşebbüs etmiyorlar... Onun asıl zevkli cihetini siz görmediniz... Sandallar indirirler, ipler, simitler atarlar, beni vapura alırlar...

— Evet, hatta bir defa ölü taklidi yapmışsınız.

Homongolos, acı kahkahalarla gülüyordu:

— Ah, şu insaniyet ne ulvi, ne necip şeydir... Boğulan bir insanı kurtarmak için o ne fedakârlıktır... Hele bilhassa hanımlar... O gün vapurda bulunup da hanımların telaşını görseydiniz.

Homongolos, karnını şişirerek ortada ölü bir adam gibi yatarken yarı açık gözleriyle seyrettiği şeyleri anlatıyordu:

Dışarlıklı bir ihtiyar kadın varmış ki, "Vay anacığının yüreği yandı!.. Benimki de acep Barbaros'ta böyle mi gitti?" diye bağırıyormuş.

— Dikkat buyurulur mu? Bana acıdığından filan değil... Sırf oğlunu hatırlayıp meraklanıyor... Hatta belki ona acıması da samimi değildir. Muhakkak o vakit de, "Benim aslan oğlum... Büyüdü, adam oldu... Elimden tutacaktı. Bana gazevilerle pirinç, kellelerle şeker, toplarla basma getirecekti... Ekmeğini yiyecektim!" diye bağırmış, oğlundan ziyade istikbalde gelecek pirinçlerin, şekerlerin, basmaların matemini tutmuştur. Boş yaygara!..

Dikkat ediyor musun Nermin, bu, yalnız bir kadın düşmanı değil, bir insanlık bir vatan düşmanı... Bir şehit anası, bizi muhafaza ederken batan bir zırhlımızda ölmüş bir bahriyelimizin anası için böyle lisan kullanılır mı? Böyle insanları taşa gömseler yine az!..

O canavar, hiç fütursuz devam ediyordu:

— Taze bir İstanbul hanımı, kocası olan bir memurun boynuna sarılıyor, "Aman ölüyorum... Dayanamıyorum... Bayılacağım... Bana bu manzarayı niye gösteriyorsun?" diye yanık yanık feryat ediyor. Anlaşılıyor ya efendim... O da bu fakirin dünyadan göçüp gitmesine hayıflandığından değil... Gece rüyasına girer de rahatsız filan ederim diye korkuyor... Sanki işimi, gücümü bırakıp da rüyada onu korkutmaya gidecekmişim gibi... Sonra efendim, dikkat buyurun, hem bakıyor, hem de baktığından şikâyet ediyor... Manzara hoşuna gitmezse başını öte tarafa çevirirsin, olur biter... Öyle değil mi? Hayır, bakıyor, çünkü merak ediyor... Bu mübarek ruhun bir hasisası da meraktır... Etrafında olup biten şeyleri görüp anlayacak... Kim kiminle dosttur yahut düşmandır, bilecek... Hâsılı, her vakayı, her dedikoduyu öğrenecek... Binaenaleyh, denize düşmüş bir adamın nasıl öldüğünü seyretmek onun için vazgeçilmeyecek bir zevktir... Fakat ne çare ki manzara fena sinirlerine dokundu... İrade kuvvetinden mahrum olduğu için kocasının onu zorla oradan uzaklaştırması lazımdır.

Hanımlar, yine kendilerini tutamayarak isyana başlamışlardı. Erkekler de tabii, onları müdafaa eder gibi görünüyorlar. "Homongolos, münasebetsizlik ediyorsun!" diye darılıyorlardı. Fakat bizi müdafaa ederlerken, Homongolos'a çıkışırken öyle sinsi ve hınzırca bir memnuniyetleri vardı ki...

Akıllarınca ayaklarımızın altında sürünmelerinin, ellerimizde zelil birer oyuncak hükmüne girmelerinin acısını çıkarıyorlardı. Erkekler hakkındaki fikrimi bilirsin Nermin Hanım. Fakat bu gece bu ahmak, riyakâr, galiz cinsin adeta can düşmanı oluyordum. Gençlerin taze yaz zerzevatları, bostanlardan yeni kesilmiş kabaklar gibi soğuk, parlak renkli, nihayetsiz bir kendini beğenişten başka bir şey ifade etmeyen aptal ve manasız yüzlerine, yaşlıların binbir hile ve riyakârlık rolü oynaya oynaya bir çizgi koleksiyonu haline gelmiş yamrı yumru, yoluk, kırtık, kırışık suratlarına bakarken çıldırıyordum.

Homongolos'u bir türlü susturamıyorlardı:

— Aptal yüzlü, küçük küçük köylü kızları, "Ana, ölecek mi şimdi bu adam?" diye bağırışırlarken Rumeli muhacirlerinden bir kocakarı peyda oldu... Hani Karagöz'de tayyare gibi küpe binip uçan cadılar vardır... Tıpkı ona benzeyen bir kadın, "De bırakın... Bir yol da ben nefes edeyim!" diye haykırıyordu. Hâsılı, vapurun içi sansar hücumuna uğramış bir kümese döndü.

Yemek, artık bitmişti. Sporcu arkadaşlar işi tatlıya bağlamak için Homongolos'a hücum ettiler. Onu kollarından, bacaklarından yakalayarak havaya atıyorlar, lastik top gibi yerden yere çarpıyorlardı.

Spor meydanlarında futbol zaferlerini müteakip yükselen seslere benzer gürültüler arasında hafif tertip itişmeler, boğuşmalar, küçük küçük boks talimleri oldu.

Sinirli bir el omzumdan çekiyordu. Döndüm baktım. Handan, sapsarıydı:

— Aferin sana Sâra, dedi, ben oturduğum yerde kendi kendimi yerken, sen oyun seyreder gibi gülüyordun...

Kızcağız ağlayacak gibiydi.

— Ne yapalım, misafirimiz, dedim, sofradan kovacak değildik ya...

— Böyle bir terbiyesiz, misafir diye çağrılır mı? Misafir böyle şey yapar mı?

— Bana ne darılıyorsun? "İlle arkadaşınızı da getirin!" diye geçen gece en çok ısrar eden sen değil miydin?

Handan'cık biraz şaşırdı:

— Evet, ama... Ben ne bilirdim!

— Şimdi artık öğrendim... Ona göre hareket edersin.

— Hem beni asıl kızdıran şey o, kadınlara hakaret ederken senin duvara asılmış resimler gibi mütemadiyen sırıtışın oldu.

Handan, artık ağlıyordu. Kolundan tutup karanlığa doğru götürmeye başladım. Çenesini okşayarak dedim ki:

— Kızmak, asabiyet göstermek onu bilakis memnun edecekti. Homongolos için feci bir ceza düşünüyorum, Handan. Onu kadın düşmanı olduğuna öyle pişman edeceğim ki!..

Handan, evvela bana inanamadı. Dudağını bükerek omuz silkti. Ben, devam ettim:

— Öyle bir şey düşündüm ki, sade senin değil, bütün kadınlığın intikamını alacak. Onu tatlı tatlı dinleyişim de bundan ileri geliyordu.

Handan'ın merakı uyanmıştı. Gözbebekleri karanlıkta ateşböcekleri gibi parlayarak:

— Ne yapacaksın? dedi.

— Şimdi zamanı değil. Sonra anlatırım. Tabii sen de bana yardım edersin... Bir vesile ile Homongolos'a yaklaş. Hiç aranızda bir şey geçmemiş gibi muamele et. Buraya sık sık gelip gitmesi çarelerini ara. Riyakâr, hain erkeklere Homongolos'un çirkin yüzünde öyle dehşetli bir intikam sillesi vuracağım ki...

* * *

Saat iki. Ay, bahçemizin tam üstüne gelip durdu. Gecenin hafif rutubetinden korkan nazik vücutlular, köşkün altındaki geniş sofaya çekildiler. Ötekiler taş merdivenin önündeki terasaya benzeyen küçük meydanlıkta dans ediyorlar. Mamafih camekânlı kapılar ve pencereler açık olduğu için yine bütün misafirler bir arada gibi. İki taraftaki kopıllar aynı müziği dinleyerek dönüyorlar.

Köşkün arka tarafı meyve ağaçlarıyla dolu kocaman bir bahçedir... Kendi kendime ağaçların içindeki dar ve karanlık yollardan birini tutarak ağır ağır yürümeye başladım... Bu yol, koşu yerlerindeki pistler gibi bahçenin kenarında geniş bir daire çevirdikten sonra aynı noktaya gelir... Karanlıkta yavaş yavaş yürürken dikkatle etrafıma bakıyordum. Karşı tarafta, büyük bostan kuyusunun yanında dört beş tane incir ağacı vardır. Fakat bunlar öyle büyük şeylerdir ki, uzun dallarını birbirinin arkasından geçirerek orada adeta muhteşem bir çardak kurmuşlardır. Gün ışıklarının bile bazen güç işlediği bu yer, bu gece ateşböceklerinin baskınına uğramıştı. Hani mezarlıklarda bazı mavimsi fosfor aydınlıkları parlayıp sönermiş. Ona benzer dalgalı bir ışık bulutu kaynıyordu... Bu hafif aydınlığın içinde bir sigara ateşi parladığına dikkat ettim. Birdenbire ortadan kaybolan Homongolos'un nerede bulunduğunu keşfetmiş oluyordum. Yolu ağır ağır takip ederek yanına gittim, arkası bana dönüktü. Ayak seslerimi işitmedi. Başını havaya kaldırmış, yaprakların arasından görünen ayı seyrediyordu.

Yalancıktan hafif bir hayret sesi çıkardım:

— Siz misiniz Ziya Bey? Çok garip!

Sigarası dudaklarında, elleri ceplerinde bana döndü:

— Niçin garip buldunuz efendim?

— Sizin tabiat güzelliklerini sevmediğinizi söylemişlerdi de... Burada karanlıkta ayı seyretmenizi garip buldum.

Homongolos gülümseyerek omuzlarını silkti. Hafifçe alay ederek:

— Kim demiş efendim? dedi. Mehtap sevilmez mi? Hele şu manzaraya bakın... Mübarek ay, Tanrı Teâlâ Hazretlerinin yarattığı aktrislerin en mükemmelidir. Makyaj sanatında dehşetli mahirdir. Suratını istediği şekle sokar, istediği renge boyar. Kâh fırından ter ü taze bir börek sinisi olur, kâh incelir bir hilâl francalası şekline görer... Bazen adeta lezzeti ve kokusu duyulan bir kavun dilimi halini alır. Kenarları Menemen kavunu gibi çizgili, ortası... ortası...

Homongolos, hafif hafif öksürüyordu:

— Ortasının rengi için bir tabir aramak lazım değil. Kavuniçi diye haphazır bir renk ismi var...

Ben gülüyordum:

— Bu gece acaba neye benziyor?

O, çekik Çinli gözlerini büzerek gökyüzüne bakıyordu:

— Bu gece ananasa benziyor. Hani koyu renkli, üstü pürtüklü, biraz çarpık ananaslar vardır...

— Gökyüzünün mavi fağfur tabağında bir kocaman ananas... Gayet güzel.

O, devam etti:

— Yıldızlar frenküzümü... Samanyolu da biraz ekşi olduğu için Vâcibülvücut tarafından bu frenküzümünün üstüne serpilmiş şeker tozu... Hani harpte, Cava'dan mı, nereden bir şeker tozu gelirdi. İşte ondan... Kudretin ince hesapları vardır. Kar gibi beyaz Avrupa şekerleri tekrar tekrar piyasayı kaplayınca, depoda kalan bu Cava şekerlerini kullanmayı daha iktisatlı bulmuş olacak. Hayf ve hayfa ki, bu semavi ziyafete elimiz erişmiyor, uzaktan ağzımın suyu akıyor.

Ben, gülümsemekte devam ederek:

— Ne niyetle olursa olsun, gökyüzünü, mehtabı seyrediyorsunuz ya, bu kâfi!.. dedim.

Homongolos, canı sıkılmış gibi bir hareket yaptı:

— Küçük hanım... Madem ki hakikati sevdiğinizi söylüyorsunuz. Ben de size itiraf edeyim. Efendim, tabii siz dağlarda gezmediniz, ayı da görmediniz?

Hayretle yüzüne baktım:

— Ayı görmedim mi?

— Yanlış anlamayınız. "Ay"dan değil "ayı"dan bahsediyorum. Hani şu muhteşem kürklü ormanlar kralı... Resmini görmüşsünüzdür. Fakat Allah kendini göstermesin... Korkunuzdan serçe kuşları gibi "cik cik" öterdiniz... Her ne ise efendim, dağlarda gezegenler bu ayıların bazı mehtaplı gecelerde iki ayakları üzerinde kalkınarak gökyüzüne baktıklarını, dans eder gibi bir vaziyette ağır ağır dolaştıklarını çok görmüşlerdir...

Bu ayı hikâyesini ne münasebetle söylediğini anlamamıştım. Fakat bu adam, ne söylerse hayret etmeden, kızmadan dinlemeye karar verdiğim için yine gülümseyerek:

— Pek acayip, dedim, bilmiyordum.

— Evet, öyledir... Bazı kimseler bundan "ayılar mehtaba âşıktır" manasını çıkarırlar...

— Zaten akla başka ne gelir? Hayvanların da tabiat güzelliklerinin bazılarından hoşlandıkları muhakkak gibidir.

— Belki efendim... Mamafih, kulunuz ayıları bu iltifata layık göremem... Çünkü onların ayağa kalkarak, şairler gibi kollarını gökyüzüne uzatarak hasretle seyrettikleri şey kamer hanım hemşiremiz değildir. Ağaçların üstündeki ahlat dediğimiz bir nevi yabani armutlardır. İşte böyle küçük hanım... Görünüşe aldanmamalı...

— !!!???

— Fakir de burada ayı değil, dallardaki olgun incirleri seyrediyordum.

— Pek tuhaf...

— Evet, efendim... Şimdi size fevkalade ciddi bir teklifim var. Siz de gerçi misafirsiniz. Fakat herhalde salâhiyet-i vâsialı bir misafir... Adeta bir yarım mal sahibi. Fakire müsaade ederseniz şu ağaca çıkayım. Bir miktar incir toplayayım. Siz mal sahibi hakkı, ben de işçi hakkı olarak paylaşıveririz, olmaz mı?

— Çok iyi olur.

— Gördünüz mü makul küçük hanım... Hay Allah sizden razı olsun. Lütfen şu mendili veriniz.

Cevabımı beklemeden elimdeki mendili çekip almıştı. Fakat hemen iade etti:

— İncirleri koyacaktım, ama yaramaz... İçine üç incir koydun mu tamamdır... Ben ihtiyaten daima temiz mendil taşırım...

Homongolos, bir maymun gibi ağaca tırmanmaya başladı.

Cambazhanemizin en güzel numarası bu ağaca çıkıştı, Nermin. Anlatılır şey değil... Bu manzara ölürken gözümün önüne gelse kahkahalarla güleceğim... Evet, hiçbir sirkte, hiçbir klaun bundan fazla maskaralık yapamazdı.

Ağaca başaşağı çıkıyor, ayaklarını el gibi kullanarak dallara asılıyordu. Orangutan maymunlarında bu kadar maharet var mıdır bilmem? Düz yahut hafif meyilli dallara rastgeldiği zaman kollarını açarak ip cambazı gibi yürüyor, bazen dizlerinin bağı çözülmüş gibi titremeye, ellerinin telaşlı hareketleriyle etrafında tutunacak bir şeyler aramaya başlıyor. Sonra, ayağı kaymış gibi sendeliyor. Yuvarlanacağı zaman bacaklarını ayırarak ata biner gibi bir vaziyette dalın üstüne düşüyor.

Ben, kahkahalarla gülüyordum. Fakat kalbim şiddetle çarpmaya başlamıştı.

İncirlerden birini gözüne kestirdiği vakit yukarıdaki dala çıkıyor, tepe aşağı sarkarak birçok sallandıktan sonra koparıyordu. Koca ağacı baştan başa dolaştıktan sonra iri bir dalın ucunu yakaladı, korkunç bazularının bütün kuvvetiyle kendine doğru çekti. Böylece dalı dergin bir ok yayı haline getirdikten sonra birdenbire kendini bıraktığını gördüm. Şiddetli bir yaprak hışırtısı içinde Homongolos, havaya fırladı. Ellerimi yüzüme kapayarak, "Ay!" diye feryat ettim.

Fakat o, düşmemiş, ikinci bir ağacın dalını yakalamıştı.

Gülerek, "Merak buyurmayın" diyordu; "Bu, bir ağaçtan başka bir ağaca atlamak için gayet emin ve fenni bir usuldür... Ağaçların birinden inip öbürüne çıkmak sıkıcı bir iştir."

Kendimi biraz toplamıştım:

— Ya tehlikesi? dedim.

O, ağzına kocaman bir incir atmıştı. Avurtlarını şişirerek homurdanır gibi:

— Hareketlerinden emin olan bir insan için tehlike asgariye inmiştir, diyordu. Nitekim insan, sokakta giderken başına bir kiremit parçası düşebilir... Fen başka şeydir hanımefendi... Size mektepte Arşimed'in mancınığını öğretmediler mi? Usulüm aynı prensibe müstenittir. Binaenaleyh, maruzatım veçhile hiç tehlikesi yoktur.

— Rica ederim Ziya Bey, dedim, artık ininiz...

— Evhamınıza mı dokundu? Korkmayın canım... Doğru sözden yılmayan küçük hanım böyle ehemmiyetsiz şeylerden korkar mı?

O, şimdi maymun gibi daldan dala geçerek ağacın öbür ucuna doğru gidiyordu.

Homongolos'un sözleri kibrime dokunmuştu. Artık gözümün önünde ölse teessür göstermek istemiyordum. Fakat onun yavaş yavaş gittiği yer o kadar tehlikeliydi ki... yine dayanamadım:

— Ziya Bey, dikkat ediniz, dedim, bostan kuyusunun ağzına doğru gidiyorsunuz.

Homongolos, cevap verdi:

— Korkmayınız, farkındayım. Şakaya gelecek mesele değil... Ancak, şurada bir incir var ki adeta incirlerin şahı... Ne çare ki siz oradan göremiyorsunuz... İndiğim zaman bana hak vereceksiniz. Ya paylaşırız yahut piyango çekeriz. İncirler galiba şahlarını taarruzdan korumak için böyle tehlikeli bir yere asmışlar... Herhalde onu miskin serçelere nasip etmeyeceğim.

Gittikçe incelen dalları –mukavemetini anlamak ister gibi– şiddetle sarsıyor, yaprakları hışırdatıyordu.

Başım dönüyor, gözlerim kararıyor, kalbim göğsümü parçalayacak gibi çarpıyordu.

Artık bakmıyor, sade, kendi kendine söylendiğini işitiyordum:

— Şahı ele geçirmek için bir arşınlık yer kaldı. Onu da selametle aşarsak tamamdır... Vay melun şah! Sen, bu demokrasi asrında oraya kurulup oturursun ha. Bak, ben seni halledeyim de...

Birdenbire korkunç bir çatırtı koptu. Homongolos "Aman!" diye feryat etti. Gayr-i ihtiyari baktım. O, yırtıcı bir feryatla bağırmakta devam ediyor, kuyunun üstüne sarkan kırık bir dalın ucunda sallanıyordu. Bu dakikada heyecandan nasıl ölmediğine hayret ediyorum Nermin! Onunla beraber feryat etmekten başka elimden bir şey gelmiyordu. Nihayet dal büsbütün koptu, Homongolos aynı meşum feryatla kuyuya gitti.

Sular boğuk boğuk inledi... Sonra, biraz evvelki feryatlarda daha korkunç bir sükût...

Avazım çıktığı kadar bağırarak köşke doğru koşmaya başladım.

Fakat, benim fazla gitmeme ihtiyaç kalmadı. Homongolos'un feryadını onlar da işitmişlerdi. Önde sporcular olduğu halde karmakarışık bir kafile birbirini çiğneyerek, ağaç dallarına takılıp düşerek bize doğru geliyordu.

Sporcular ne tedarikli, ne çevik çocuklar... Kuyunun ağzında elektrik fenerleri yandı.

Heyecandan hafif bir baygınlık geçirdiğim için Homongolos'u nasıl kurtardıklarını görmedim. Kendime geldiğim zaman Handan'ın kollarındaydım. Onun heyecanı da benden aşağı değildi.

Zavallı kız, kuru hıçkırıklarla sarsılıyor, "Ne oldu?" diye sorduğum suallere, "Bilmiyorum, bilmiyorum!" diye inleyerek cevap veriyordu... Benim kendime geldiğimi görünce Handan'a da bir bayılmak hevesi geldi, fakat ben, aldırmadım, kuyunun yanındaki kalabalığa doğru koştum.

Genç bir sporcu, beni kolumdan yakaladı, yavaş sesle:

— İstirham ederim. Bakmayınız... Üzüleceksiniz, gibi sözlerle ve hemen hemen yarı zorla beni uzaklaştırmaya başladı.

İçeriden getirilmiş büyük bir lambanın ışığında bu kalabalığın garip bir hareketle kaynaştığını görüyordum. Bahçeyi korkunç bir sessizlik kaplamıştı, herkes yavaş sesle konuşuyor, karanlık köşelerden hafif kadın iniltileri, hıçkırık sesleri geliyordu.

Yavaş yavaş kendimi topladım, asabi bir hareketle sporcunun elinden kurtularak azarlar gibi:

— Bırakınız... Ne yapıyorsunuz? dedim.

Etrafımda yolumu kesen, beni kalabalığa yaklaşmaktan men eden daha başka insanlar peyda olmuştu.

Remzi Bey, ellerimi tutarak:

— Merak etmeyiniz Sâra Hanım, dedi, yalnız, bakmayınız rica ederim... Meraklanacaksınız...

Kilitli dişlerimin arasından, "Öldü mü?" dedim.

Remzi Bey, onun sağ olduğunu bana yeminlerle temin etti.

Ben, buna rağmen kalabalığa yaklaşmakta ısrar ediyordum. Homongolos'u kuyunun yanındaki taşların üstüne upuzun yatırmışlardı. Çehrelerini seçemediğim birtakım adamlar, etrafında eğilip kalkıyorlar, onun ellerini, kollarını hareket ettiriyorlardı.

Gayr-i ihtiyari başımı Remzi Bey'in omzuna dayamıştım. Göğsüm tıkanmış, boğazımda kuru hıçkırıklarla, yüzüme kapalı parmaklarımın arasından onu seyrediyordum.

Dayımın, önümde saatine bakarak, "Allah vere de doktoru bulsalar..." diye söylendiğini işittim. Bu esnada Homongolos'la uğraşanlar birdenbire durdular. Kuvvetli bir ses, "Ziya!.. Ziya!.." dedi. Buna hafif bir inilti cevap verdi. Kalpleri basan, boğazları tıkayan tazyik birdenbire kalkmış gibi bir gürültüdür koptu: "Yaşıyor... Müjde... Gözlerini açtı."

Sert bir hareketle önümdekileri iterek geçtim. Artık hıçkıra hıçkıra ağlıyordum. Homongolos, hakikaten gözlerini açmıştı. Arkadaşlarının kolları arasında ağır ağır başını, göğsünü kaldırdı.

Biraz evvelki gürültü şimdi bahçenin başka taraflarına yayılıyor, Homongolos'un etrafında yeni bir sükût hâsıl oluyordu. Homongolos, dirsekleri üstünde ağır ağır doğrulmaya çalışıyordu. Bir şey söylemek istiyor da beceremiyor gibi dudakları titriyordu.

İlk sözlerini işitmek için başlarımızı uzatıyor, merakla ona bakıyorduk.

Bitkin bir sesle:

— Neredeyim, dedi, kurtuldum mu?

— Kurtuldun Homongolos... Çok şükür kurtuldun.

O, aynı bitkin sesle inledi:

— Ben kurtuldum... Biliyorum. Fakat incirlerim ne oldu? İncirlerim...

Evvela, kazanın tesiriyle aklını kaybetti, sayıklıyor sandık. Fakat titreyen dudaklarındaki sinsi, şeytan tebessümü bize her şeyi anlattı. Homongolos bizi aldatmış, heyecanımızla eğlenmişti. Denizde vapurlara oynadığı kaza komedisini, bir de bu kuyuda tekrar etmiş oluyordu.

İlk hayreti şiddetli bir hiddet ve isyan takip etti.

Sporcuların uzun boylu genç reisi, ellerini birbirine çarparak:

— Hay Allah belanı versin! Böyle şaka olur mu? diye bağırıyor, her kafadan bir ses çıkıyordu.

Dayım bile misafirine olan hürmet borcunu unutarak:

— Beyim, böyle latife olur mu? Aklımızı başımızdan aldınız!.. diye isyan etti.

Homongolos hiç aldırmıyor, üstünden, başından sular akarak çırpınıyor:

— İncirler, nerede incirler? diye bağırarak kuyuya koşuyordu.

Homongolos önde olduğu halde kafile tekrar köşkün yolunu tuttu. Onu bir odaya alarak elbiselerini değiştirmek istediler. Razı olmadı. Arkadaşlarına bahçenin bir köşesinde bir çalı ateşi yakmalarını söyledi:

— Bırakın, sizin aklınız ermez. Ateşin karşısına otururum... Hem elbiseler kurur, hem de soğuk algınlığı filan varsa çıkar, diyordu.

Sporcular ateş yakmaya uğraşırlarken, elbise değiştirmek teklifini bir kere de ben tekrar ettim. Onun yerine uzun boylu reis cevap verdi:

— Merak buyurmayın hanımefendi... Sizin söylediğiniz şey yaban domuzları için değil, insanlar içindir... Ona bir şey olmaz.

Biraz sonra Homongolos, ateşin yanında iri bir taşın üstünde oturuyor, ıslak elbiselerinden dumanlar çıkarak bize küçük bir konferans veriyordu:

— Efendim, görüyorum ki herkes bana dargın... Muhterem ev sahiplerim bile kaşlarını çatıyorlar, içlerinden, "Bu zevzeği niçin davet ettik!" diye pişman oluyorlar. Fakat mazeretimi arz edersem, belki bendenizi bir parça affedersiniz. Efendim, ben kaba saba bir dağ adamıyım... Böyle kibar ve zarif meclisler için lazım gelen bütün vasıflardan mahrumum. Ne dans etmesini bilirim, ne şarkı okumasını, ne de hatta lakırdı etmesini... İstedim ki ben de bir numara yapayım, bu geceki eğlenceye biraz değişiklik getireyim. Tabir-i meşhuriyle çorbada benim de maydanozum olsun... Mütemadiyen danstan ve alaydan sıkıldığınızı tahmin ettim. "Küçük bir spor eğlencesi yapayım, havada boğucu bir sıcaklık var... Ben de bu vesile ile bir kuyu banyosu yaparak serinlemiş olurum" dedim.

Makbule yengem dayanamadı:

— Ya maazallah oyun yapayım derken bir kazaya uğrasaydınız...

Homongolos, ateşin karşısında yavaş yavaş dönerek:

— Aman hanımefendi, ne kazası? Rica ederim... Dallara asıldım, nihayet yedi sekiz metre derinliğinde bir suya atladım... O kadar... Maamafih, sırf sizi bir parça eğlendirmek için oynadığım bu oyunda biraz da sıkıntı çektiğimi itiraf edeceğim... Şakayı hüsn-i niyetime ve çektiğim ıstıraba bağışlamak mürüvvetini esirgemezsiniz, değil mi?

Homongolos, boynunu bükerek adeta yalvarıyor, etrafındaki sadedilleri rikkate getiriyordu. Fakat çirkin dudaklarının ucunda öyle hain bir istihza gülümsemesi vardı ki...

Nitekim biraz sonra etrafındaki kalabalık dağılınca benimle daha açık konuştu:

— Bu akşam sofrada dikkat ettiniz mi? Ben, mahut vapur alaylarını anlatırken, bazıları, "Bu hilelere de nasıl inanılır?" manasında zeki zeki tebessüm ediyorlardı. Bir kısmı da kurtarma ameliyatı esnasında gördüğüm şeylere inanmadılar. Hatta kızdılar... Aradan iki saat geçmeden aynı oyunu oynadım... Kimse şüphelenmedi... Aynı telaşlar, çırpınmalar, âh ü zârlar, ayılıp bayılmalar... Hele sizin ben kuyuda iken ishak kuşları gibi feryat edişinizi hiç unutmayacağım... Aman efendim, ne yufka yüreğiniz varmış!..

Ateşin karşısında yarım saatten fazla konuştuk. İki lakırdıda bir, kadınların bir şeyini tutturup eğleniyordu.

Bu vakadan sonra kararım büsbütün kuvvetlenmişti. Bu kadın düşmanı ile muharebeye girecek, onu mutlaka yere serecektim. Hem de kolu kanadı tamamıyla kırılmış, bir daha hemcinslerimize dilini uzatamayacak bir halde...

Artık, rol oynayan bir aktris vaziyetindeydim. Her sözüm, her hareketim hesaplıydı. Bütün füsun ve cazibemle uğraşıyordum.

Ateşin karşısında otururken öyle pozlarım, öyle sözlerim vardı ki, histen bir parça nasibi olan herhangi bir erkeği en mecnun bir sevdaya düşürebilirdi. Fakat Homongolos, bana bir kedi yavrusundan fazla ehemmiyet vermiyor, yüzüme bakmıyordu.

Mamafih mağlubiyet, beni çok sinirlendirmekle beraber ümitsizliğe düşürmedi. Göreceksin Nermin, mutlaka muzaffer olacağım.

Sana artık düğünlerine iki hafta kalan nişanlılar hakkında da malumat vereyim... Vesime ile Remzi Bey bu sabah, ilâh, ilâh, ilâh...

Sâra

X

Sâra'dan Nermin'e

Nermin,

Bize yeni bir eğlence çıktı.

Dün mütemadiyen yağmur yağdığı için köşkte kapanıp kalmıştık. Vakit geçirmek için dans ettik, olmadı. Bezik oynadık, olmadı. Hatta hamallar gibi birbirimizle boğuştuk. Fakat ne yaptıksa nafile... Havadaki boğucu karanlık bizim yüreklerimize de çökmüştü. Bu sıkıntıyı bir türlü defedemiyorduk. Kışın buralarda oturanlara Allah imdat eylesin. Dayım, yengem, yaşlı başlı insanlar... Fakat Vesime ile Remzi Bey'e şaşıyorum. Kışı bu ıssız yerlerde nasıl geçirecekler? Ben, onların yerinde olsam iki gün dayanamam... Allah esirgesin, ya çıldırır, ya ölürüm!..

Bir aralık bunları düşünerek pencereden yağmuru seyrediyordum. Yanımda bir gölge peyda oldu. Remzi Bey'den başka kim olabilir?

Biçare adam, şimdi gölge gibi peşimden ayrılmıyor. Korka korka sordu:

— Ne düşünüyorsunuz Sâra Hanım?

Başımı çevirmeden dalgın dalgın cevap verdim:

— Hiç... Bin türlü şey...

Remzi Bey, küçük bir tereddütten sonra:

— Ben, yalnız bir şey düşünüyorum, dedi, başka hiçbir şey zihnime girmiyor.

Fena havanın, insanları olduklarından daha fena yaptığı malum.

Remzi Bey'in öyle bezgin ve meyus bir hali vardı ki birdenbire olmayacak şeyler söylemesinden korktum. Yakın bir tehlike karşısında gibi acele acele:

— Şüphesiz Vesime'den bahsetmek istiyorsunuz, dedim, bu güzel ve temiz çocuğu ne kadar sevseniz azdır, Remzi Bey... Düşünecek yalnız bir şeyi olanlar bence çok bahtiyar insanlardır... Saadetinizin devamını bütün kalbimle istiyorum.

— Dünyada noksansız, arızasız saadet var mıdır dersiniz?..

Dayımın damadı bu sözleri söylerken dudakları öyle acı ve asabi bir tebessümle takallüs ediyordu ki...

Evet. Remzi Bey, bu dakikada benden bir parça cesaret ve ümit alsa, olmayacak şeyler söyleyecekti. Vesime'nin yuvası belki daha yapılmadan yıkılacaktı.

Hem de benim elimle... Onu daima bir küçük kardeş gibi sevmiş Sâra'nın eliyle!.. Böyle bir felakete sebep olduğum halde dünyada kendi kendimi affedemeyecektim.

Evvelce de sana itiraf ettim ya Nermin: Onların çılgınca seviştiklerini gördüğüm zaman kıskanmıştım. Remzi Bey, dünyada ondan başka sevilecek mahluk olmadığını söylerken bana meydan okuyor gibi gelmişti. Bu saf dışarlık çocuğuna küçük bir ders vermek, onu geçici bir hazin tereddüte düşürmek istemiştim.

Fakat, oynadığım küçük komedinin ümidimden çok daha tehlikeli bir tesir yaptığını dehşetle görüyordum. Artık geri dönmek, istemeden açtığım yarayı tedavi etmek zamanı gelmişti. Zaten bu çocuktan isteyecek bir şeyim de kalmıyordu.

Ağır bir tavır, genç oğluna nasihat veren bir anne sesiyle:

— Vesime, benim için bir kardeşten daha muazzezdir, dedim, onu yaşadığınız müddetçe sevmenizi istiyorum... Saadetiniz için tehlike demiyorum, fakat küçük bir arıza hissetsem bütün kuvvetimle, bütün kalbimle onu müdafaaya çalışırım.

Bu lisan ile devam ettim, manalı manasız birçok lakırdı söyledim. Hâsılı, dayızademi müdafaa için icabında kendimi feda edeceğime onu inandırdım.

Biçare çocuk, renkten renge giriyordu.

Dünyada ondan başka kimseyi sevmeyeceğini bana bir kere daha temin etti. Fakat eskisinden o kadar farklı bir lisanla ki...

Başı önüne eğilmiş, omuzları düşük, yanımdan uzaklaşırken içimde derin bir merhamet ve nedamet uyandı.

Nermin, ben iyi miyim? Yoksa çok fena bir kız mıyım? Bunu bir türlü anlayamadım. Belki de bütün insanlar benim gibi... Fenalığı bile bile yapıyorlar, sonra azabını çekiyorlar... Sen de beni teselli et. Bu saf dışarlık çocuğu beni unutur, değil mi?

Ah, bu yağmurlu, fena havalar... Onlar devam etse insanlar mutlaka birbirlerini yerlerdi.

Remzi Bey'den ayrıldıktan sonra kendime bir meşguliyet aradım. Düşüncemi ve nedametimi unutturacak heyecanlı bir meşguliyet.

İçeri odaların birinden Handan'ın çıngıraklı kahkahaları geliyordu. Kendi kendime:

— Galiba bir dedikodu var, dedim, Handan'ı bu sesle ancak büyük dedikodular güldürür. Kim bilir kimin ayağına ip taktılar.

İçeri girdim. Keşfimde yanılmamıştım. Remzi Bey'in hemşehrilerinden ve arkadaşlarından bir Vassaf Bey vardır. Kasabada belediye kâtibidir. Kısa boylu, tombul, lakayt ve tatlı sözlü bir adam. Vassaf Bey, köşkün geceli gündüzlü daimi misafirlerindendir. Herhalde bugünlerde devamsızlığı için vazifesinden kovulacağı muhakkak. Bunu kendi de biliyor, fakat bir türlü aramızdan ayrılamıyor:

— Çocuklar, kanıma gireceksiniz ama, ne yapalım, siz sağ olun... Benim de canım sağ olsun!.. Cenab-ı Hak bir kapıyı kaparsa birini açar, diyor.

Vassaf Bey, bizimkileri etrafına toplamış, Homongolos'tan bahsediyor, onun münasebetsizliklerine dair gülünç fıkralar anlatıyordu.

Handan, beni görünce bir feryat kopardı:

— Gel Sâra bak, Vassaf Bey seninki için neler anlatıyor... Bayıldım gülmekten.

O geceden sonra arkadaşlarım, Homongolos için "seninki" diyerek benimle eğleniyorlar.

Handan, Vassaf Bey'e yalvararak hikâyeyi bir kere de benim için tekrar ettirdi. O gevezenin de zaten canına minnet. Nazlanmadan başladı:

— Efendim, Homongolos'un iki sene evvele ait bir eşek hırsızlığı hikâyesi vardır da. Hanımların pek hoşuna gitti. Burada Samancıoğlu isminde ihtiyar bir Rum vardı. Karşıdan görsen dilenci sanırsın... Pis, müseyyip, mendebur bir şey, velakin hakikatte altın babası... İstese benim gibi yüz reis-i belediye başkâtibini uşak diye kapısında kullanır... Bu Samancıoğlu'nun koca bir zeytinliği vardı. Fazla olarak köylüye faizle para verirdi. Samancıoğlu borcunu vermeyen bir köylüden zaptettiği uyuz bir eşeğe binerek köy köy dolaşır, seyyar sarraflık ederdi. Hasis herif, bu eşeği gözünden kıskanırdı. Hatta rivayete göre kışın, hırsız korkusundan eşeği kendi odasında yatırırmış... Hoş, onun yattığı yerin de eşek ahırından farkı yok ya... Her neyse...

Homongolos, alay için bu kıymetli eşeği çalmayı aklına koydu... Bir akşamüstü, Samancıoğlu köyden gelirken, Homongolos, Rahmi isminde bir arkadaşıyla beraber güya tesadüfen karşısına çıkar... Evvela selam, sonra bir sigara verir, ihtiyar Rum eşeğinde, Homongolos yerde, konuşa konuşa ilerlemeye başlarlar... Bilmem gördünüz mü? Kurudere yolundan kasabaya girerken bir ince geçit vardır... Etrafı kayalarla kapalı, üstü dallarla örtülü bir nevi tünel... Akşam vakitlerinde buraya büsbütün karanlık basar... Homongolos, geçidin başında Samancıoğlu'nun hırsını tahrik edecek bir meraklı para bahsi açar... İhtiyar Rum, kendinden geçerek onu dinlemeye koyulur.

Bu esnada Rahmi, sezdirmeden kayışları keser. Homongolos yavaş yavaş sol kolunu kemerin altı ile eşeğin sırtı arasındaki boşluğa sokar. Sağ eliyle de semerin kenarını sıkıca tutar. Vaziyeti gözünüzün önüne getiriyorsunuz ya... Sporcu ile sarraf kafa kafaya vermiş, konuşuyorlar... Semer, Homongolos'un sol bileği üstünde, adeta kolda taşınan bir pardösü halinde...

Vassaf Bey, odanın ortasında eğilip doğruluyor, kollarını oynatarak vaziyeti hareketleriyle tarif ediyordu:

— İki yolcu, böylece canciğer, sarmaş dolaş konuşurlarken Homongolos çelik gibi kuvvetli kolu üstünde semeri yavaş yavaş kaldırıyor. Eşeğin sarsıntılarını taklit ederek yürümeye devam ediyor. Rahmi, bu suretle boş kalan eşeğin kuyruğuna asılıyor. Hayvan tabii duruyor ve geri kalıyor. Fakat Homongolos kolunda semer, onun üstünde Samancıoğlu ile yavaş yavaş yürümekte berdevam... Sporcudaki adale kuvvetini seyredin efendim... İhtiyar Rum, hâlâ bir şeyin farkında değil... Kendini el'an sevgili eşeğinin sırtında seyahatte zannederek gidiyor. Tâ geçidin öbür ucuna kadar... Sonra Homongolos, semeri Samancıoğlu ile beraber bir toprak yığınının üstüne oturtuveriyor... Rahmi, tabii hayvanı çoktan aşırmıştır. İhtiyar Rum, sevgili eşeğinin bir anda eridiğini, ecsam-ı latife gibi gaiplere karıştığını gördüğü zaman çıldıracak gibi oluyor. Sonra, hileyi anlayarak feryada başlıyor. Homongolos, hiç istifini bozmadan, "Bağırma" diyormuş, "Dua et... Eşek çok ihtiyardı... Belki Hristos'a aitti. Hristos onu göğe çekmiş olmalı."

Bu vaka kasabayı tam bir hafta eğlendirdi.

Vassaf Bey, hikâyeyi bitirdikten sonra:

— İşte bu Homongolos'un işi, erkek, kadın önüne gelenle mütemadiyen eğlenmektir. Nitekim geçen akşam da küçük hanıma bir kaza oyunu oynadı.

Belediye başkâtibi, eliyle beni gösterdi. Kıpkırmızı kesildiğimi hissettim. Demek ben de Samancıoğulları, vapurdaki kadınlar filan gibi, Homongolos'un aldatıp eğlendiği kimseler, meclislerde hikâyeleri anlatılıp eğlenilecek gülünç insanlar sırasına geçmiştim.

Vassaf Bey, devam ediyordu:

— Maahaza bu Homongolos'un çok insaflı tarafları da vardır... Mesela zebunkûşlükten, kabadayılıktan nefret eder... Aciz, kuvvetsiz insanlarla uğraşmayı tenezzül sayar. Sıkılmazsanız bir vakasını daha anlatayım... Geçen yaza aittir... Kendim de bir kısmını gözümle gördüm... Homongolos, bir gün kasaba civarında gezerken yanlışlıkla bir bahçeye girer... Etrafında duvar filan olmadığı için esasen sokaktan fark edilmesine imkân olmayan bir bahçe... Cılız bir Arnavut bahçıvan terbiyesiz terbiyesiz bağırmaya başlar. Homongolos, yanlışlık olduğunu söyleyerek geri döner. Bekçi, onun tatlılığını, sükûnetini korkusuna hamleder... Derhal kahramanlık damarları kabarır... Şöyle bir kendini göstermek hevesine kapılır. Öyle ya, kendi de az çok malikânesine taarruz, hukukuna tecavüz edilmiş bir adam vaziyetinde. Bu korkak adama tecavüz fırsatını niye kaçırsın?

Homongolos ağır ağır yürürken, bekçi, çoban köpeği gibi hırlayarak peşinden gelir. "Çabuk bre edepsiz... Çabuk... Şimdi seni şöyle yaparım, böyle yaparım!" diye bağırmaya devam edermiş... Homongolos, tabii yürüyüşünü değiştirmez. Bekçinin hiddeti bir kudurma derecesini bulur, sporcuyu arkasından itmeye, muştalamaya başlar.

O, istihfaf ile bu cılız adama bakmakla iktifa eder, "Acele etme canım... Meraklanma... Gidiyoruz!" dermiş... Cılız çırağın orta boylu, efendi kıyafetli bir adamı itip kakarak bahçeden çıkardığını uzaktan asıl bahçıvan –çam yarması gibi iri bir Arnavut– görür... Başkalarına hakaret etmek, acizleri dövmek onun için de bir spor, zaman zaman mutlaka tatmin edilmesi lazım gelen ruhî ve bedenî bir ihtiyaçtır. Cılız çırağın dövüp sövdüğü bir aciz adamı bu palabıyıklı dev ne yapmaz ki? Büyük bahçıvan, çırağına, "Çekil bre miskin!.. Onu bahçeden öyle atmazlar, böyle atarlar!.." diye Homongolos'u omuzlarından yakalar.

O, bu defa yine aynı sükûnetle döner: "Arkadaş dur, bu sinek gibi adama bir şey yapmak elimden gelmezdi... Bak, sen maşallah güçlü, kuvvetli adamsın... İkiniz bir araya gelirseniz epeyce bir yekûn teşkil eder... Gelin bakalım, şimdi hesap görelim." Bahçenin ortasında bir boğuşmadır başlar... Homongolos'un ilk yumruğu üzerine Arnavut bahçıvan neye uğradığını şaşırır. Bulunduğu yerde sersem sersem bir iki kere döndükten sonra yüzüstü yere yıkılır. Homongolos, bu defa ötekini tutar, aynı vaziyette ustasının yanına yatırır. Sonra adamcağızları poturlarının arkasından yakalayıp havaya kaldırır. Biz araba ile bağdan geliyorduk. Gözümüzle gördük. Homongolos, durduğu yerde kollarını açmış, fırıldak gibi dönüyor, herifleri havada fırıl fırıl çeviriyordu. Nihayet, biçareleri boylu boyunca yere uzattı, "Bahçeyi buradan beklerseniz daha münasip olur. Yabancıları içeri sokmazsınız" dedi ve ellerini ovuşturarak yanımıza geldi.

Vassaf Bey'in bu hikâyelerini dinleyenlerde Homongolos için garip bir sempati uyanıyordu. Fakat ben, kararımı vermiştim. Bu canavarın dişlerini mutlaka sökecektim. Handan'ı çağırdım:

— Homongolos'a karşı bir suikast planı düşündüm Handan, dedim. Kadın düşmanının mutlaka beni sevmesi lazım... Fazla mukavemet ederse onu seviyor gibi görüneceğim. Buna inandığı zaman çaresiz, o da beni sevmeye başlayacak... Kadındaki teshir kuvvetinin ondaki maddi hayvan kuvvetinden çok daha fazla olduğunu göstereceğim... Bu kendini herkesten yüksek gören adam pek yakın bir zamanda ayaklarımın altında sürünecek... Fakat, bunun için evvela senden, sonra bir iki emniyetli arkadaşımdan yardım isteyeceğim...

Handan, şaşırdı; tereddüt etti. Gerçi o da Homongolos'a fena kızgındır. Fakat zayıf ve hassas, daha açıkçası mızmız bir çocuktur. Bilhassa kendisinden yardım isteyişim onu telaşlandırdı.

— Pek iyi biliyorsun, benim de ona hıncım var, dedi. Fakat bu oyun onu pek fazla mustarip ederse?

Omuz silkerek cevap verdim:

— Bu demir gibi vücudun aşk hastası olacak hali yok ya... Maksadım onu bir parça sarsıp üzmekten ibaret... Dünyada sade o mu herkesin zaafıyla eğlenecek? Bu canavarın şerrinden yalnız kendimizi değil, bütün kadınlığı kurtaracağız... Hemen hemen kadınlık namına bir ulvi cihada başlıyorum!..

Handan:

— Doğru... Çok doğru söylüyorsun, diyor, fakat bir türlü karar veremiyordu.

— Budalalığa lüzum yok, dedim. Bu macera Homongolos için hayırlı bile olacak... Kendini taştan yapılmış sanan bir adama başka insanlar gibi bir kalp taşıdığını göstermek, onu manasız ve küstah gururundan kurtarmak fena şey mi? Belki bu vakadan sonra biraz daha rakik, biraz daha merhametli bir adam olur.

Bu şeyleri, sade, arkadaşımı kandırmak için söylemiyordum. Onların doğru olduğunu sen de tasdik edersin, değil mi Nermin?

Hâsıl, olunca bir münakaşadan sonra Handan'la anlaştık. Sırrımızı yalnız Vesime'nin küçük kardeşi Behire'ye, bir de lazım gelirse İsmet Hanım'a söyleyeceğiz.

Behire, henüz pek küçüktür, ama dehşetli cingöz bir çocuktur. Hayat ve insanlar hakkında saf ablasından çok daha doğru bir görüşü vardır. Herhangi bir sırrı ona emniyet etmekte tehlike yoktur.

Kendi şeytan ruhunu bile, Hazret-i Meryem tasvirlerine benzeyen masum çehresi altında öyle maharetle gizler ki... Onu kirpiklerinin içinden ayrılmaktan korkuyor gibi görünen mavi gözleriyle ilk bakışta bir "sentnitüş" sanırsınız. Ben de zaten en çok bunun için ondan muavenet bekliyorum.

Behire'nin, güya saffet ve çocukluğu sebebiyle ağzından kaçırıyormuş gibi söylediği öyle yalanlar vardır ki inanmamak kabil değildir.

İsmet Hanım'a gelince; gülü tarife ne hacet? Onun ne olduğunu bilirsin, hangi teşebbüste ondan istifade mümkün değildir ki...

Hâsılı Nerminciğim, Homongolos ile aramızda müthiş bir maç başlıyor. Neticeyi pek yakında göreceksin.

Sâra

XI

Sâra'dan Nermin'e

Hemen Allah muinimiz olsun, kadın düşmanıyla muharebe başladı, Nermin. Benim muvaffakıyetim, güzel cinsimizin erkeğe karşı en parlak bir zaferi olacak. Duanızı eksik etmezsiniz.

Homongolos, henüz bir şeyin farkında değil. Hâlâ, o insanı kudurtan küstahlığıyla aleyhimizde bulunmakta devam ediyor.

İki gün evvel bir bahane ile onu köşke getirtmiştik. Bir aralık, kasabanın yeni bir dedikodusundan, büyücek bir maliye memuru olan kocasını ve iki çocuğunu bırakarak işsiz güçsüz bir serseriyle İstanbul'a kaçan bir hanımdan bahsediliyordu.

Yengem, bu kadını yakından tanıdığı için hayret ediyor:

— O kadar mazlum ve namuslu bir kadının böyle bir delilik yapacağını aklıma getirmezdim, diyordu.

Erkeklerden biri:

— Havva çocuklarından her şey beklenir, demeye cesaret etti.

Homongolos'un küstahlığı artık etrafındakilere de sirayet etmeye başlıyor.

Bu söz, İsmet Hanım validemizin din hislerine dokundu. Birdenbire titizlenerek:

— Kadınların aleyhinde ağzınıza geleni söylüyorsnuz, anladık... Fakat Havva anamızdan ne istiyorsunuz? En lekesiz bir peygamber zevcesine dil uzatmak günah değil mi? dedi.

Öteki, biraz budalaca bir adamdı, bir türlü lakırdı bulamıyor, kekeliyordu.

İsmet Hanım'ın cesaret ve hiddeti arttı:

— Havva anamızın Âdem babamızdan bir başkasıyla bir macerasını bilen varsa, meydana çıksın!..

Homongolos, çirkin ağzının o hain ve sinsi tebessümüyle:

— Hanımefendinin hakkı var, dedi, tarihler Havva anamızın böyle bir macerasını kaydetmiyor... Mamafih buna imkân da olmazdı... O vakit ki dünyanın tenhalığı malum... Havva anamız Âdem babayı mamut filleriyle aldatacak değildi ya!..

İsmet Hanım kuduruyordu. Fakat bir taşkınlık etmesine meydan vermedim. Usuletle bir köşeye çekerek suikast planını anlattım:

— Söz ile bu adamı yere vurmak kabil değil... Yardım ederseniz pek yakında hepimizin intikamı alınacak, dedim.

Böylece İsmet Hanım annemizi de müttefiklerimiz arasına almaya muvaffak oldum. Şimdilik en büyük rol küçük Behire'de. Şeytan kız, Homongolos'u göz hapsine aldı. Polis hafiyesi gibi mütemadiyen onu takip ediyor, nereye gittiğini, ne yaptığını bana haber veriyor.

Onunla ahbap olmak, daha sıkı görüşmek için bir bahane icat etti: Bisiklet merakı...

Behire, odunluğun bir köşesinden eski bir bisiklet bulup çıkardı. Homongolos'a tamir ettirdi.

Geçen gün bir muhaverelerini dinledim. Gülmekten katılıyordum. Homongolos, yere oturmuş, küçük bir tulumba ile bisikletin lastiğini şişiriyor, delik yerlerini yamıyordu.

Ayakta duran Behire, birdenbire:

— Ah, bir kere bir büyüsem! diye içini çekti.

Homongolos, başını kaldırmadan:

— Bu ne acele, küçük? dedi. Sen de elbet bir gün öteki ablalar gibi süslü püslü, allı pullu, oyalı boyalı bir küçük hanım olacaksın.

Behire, ellerini açarak hiddetle:

— Allah esirgesin, dedi, ben büyümeyi kırıtkan bir kız olmak için istemiyorum. Sporcu olmak, sizin gibi bir motosiklet alabilmek için istiyorum.

Homongolos, yine başını kaldırmadan gülüyordu:

— Bu heves geçer küçük! Korkma... Hele biraz daha büyü... Tabiat, hükmünü yapmakta gecikmez, sen de onlar gibi olursun.

Şeytan kız, bu sefer daha şiddetle protesto etti:

— Allah esirgesin!.. Ben, onlardan öyle nefret ediyorum ki... Ben, tıpkı sizin gibi olmak istiyorum Ziya Bey. Güçlü, kuvvetli bir sportmen... Karşıma bir peri çıksa da, "Dünyada kime benzemek istiyorsun?" dese, vallahi hiç düşünmeden, "Ziya Bey'e" derdim.

Homongolos, bu sefer başını çevirdi, Behire'yi uzun uzun süzerek:

— Çok acayip, dedi, daha büyücek olsan alay ediyorsun derim, ama...

Çocuğun masum, mavi gözlerine bakarak biraz düşündü. Sonra, tekrar bisiklete dönerek her zamanki sesiyle:

— Periye tesadüf edip arzunu söylersen, şunu da ilave et. De ki, "Onun gibi olmak isterim, ama suratımda bazı tadilat yaparsan daha iyi olur."

Hâsılı Behire Homongolos'un emniyetini ve dostluğunu kazanmak için umulmaz bir şeytanlıkla çalışıyor.

Dün akşam, küçük kızın Homongolos'u köşke getirmek için kurduğu tuzağı da anlatayım. İkindi üzeri Behire, koşa koşa bana geldi:

— Ablacığım, Homongolos motosikletiyle kasabaya iniyordu. Nereye gittiğini sordum; "Muallimin evine" dedi. Biraz sonra kampa dönmek için karşı yoldan geçecek... Ben, bisikletle gezmeye çıkacağım. Çeşmenin yolunu bekleyeceğim. Sen, motosikletin sesini işitince oraya doğru yürümeye başlarsın... Olur mu?

Küçük, biraz sonra kimseye görünmeden bahçeden çıkıyordu.

Güneş battı, ortalık karardı.

Ben, Vesile ve Remzi Bey ile bahçede geziniyordum.

Zavallı Remzi Bey'e bilhassa bu saatlerde garip bir durgunluk çöküyor. Biz, Vesime ile öteden beriden konuşurken, o biraz ilerimizde, mahzun mahzun düşünüyordu.

Akşamın sessizliği içinde uzak bir motor gürültüsü işitmeye başladım. Birdenbire Vesime'nin sözünü keserek:

— Behire daha gelmedi, dedim, çocuğu merak etmeye başladım. Bu saate kadar nerede kaldı?

— Behire, köşkte değil mi?

— Zannetmem... Bir saat evvel bisikletiyle sokağa çıktı. Aşağı yola doğru gitmeye başladı.

Vesime'nin meraklı bir kız olduğunu bilirsin, hemen telaşlanmaya, korkmaya başladı.

— Dur, ortalığı velveleye verme... Allah'a emanet, buraları emin yerler, dedim, öyle değil mi Remzi Bey?

O, başıyla beni tasdik etti.

— Siz aşağı yoldan inmeye başlarsınız. Ben de karşı yola doğru yürüyorum. Mamafih, belki gelmiştir bile.

Bahçede küçük bir tahkikat yaptık. Çocuk, tabii dönmemişti. Kararımız üzerine Vesime, nişanlısı ile aşağı yola saptı. Ben de onlardan ayrılarak yavaş yavaş çeşmenin yolunu tuttum. Biraz sonra motosikletin yolda tozları kaldırarak süratle karşıdan geçtiğini görüyordum. Üç dört dakika sonra motorun sesi birdenbire durdu. Sevinerek:

"Behire, düşmanı ele geçirdi" dedim ve adımlarımı sıklaştırdım. İleride bir bağ köpeği kesik kesik havlıyordu.

Biraz sonra karşılaştık. Küçük kızın, Homongolos'la beraber gelişi görülecek şeydi Nermin! Sporcu, Behire'yi adeta bir yaralı gibi belinden tutarak getiriyordu. Behire bir eliyle Homongolos'un omzuna sarılıyor, öteki eliyle bisikletini sürüklüyordu. Üstü başı toz içindeydi. Eteğinin bir tarafı yırtılmış, sarkıyordu. Yüzündeki tozlar gözyaşlarıyla karışarak bir garip çamur haline gelmişti. Vücudu baştan ayağa kadar titremeler içindeydi. Küçük şeytan, rolünü öyle güzel oynuyordu ki, işin içyüzünü bildiğim halde ben bile telaşlanmaktan kendimi alamadım.

— Ne oldunuz? dedim.

Behire, asabi hıçkırıklarla boynuma atıldı:

— Ablacığım... ablacığım!.. diye tıkanıyordu ve başka bir şey söylemiyordu.

Homongolos, sükûnetle:

— Merak edilecek bir şey yok efendim, dedi. Küçük hanımın karşısına melun bir bağ köpeği çıkmış... Yolunu kesmiş... Eteklerini parçalamış...

Homongolos, bir saat evvel kendi elimle dikiş yerinden söktüğüm eteği gösteriyordu. Behire, başını göğsüme kapayarak yavaşça elimi sıktı. Hâlâ hıçkırıyor gibi yaptığı halde, galiba gülüyordu.

Sporcu devam etti:

— Çocuk, yine akıllıymış... Hemen bir zeytin ağacına tırmanmış... Ben gördüğüm zaman hıçkıra hıçkıra ağlıyordu... Allah'tan ki buradan geçtim.

Derin bir teessür ve minnetle Homongolos'un ellerini yakaladım:

— Yavrumuzun hayatını kurtardınız!.. Bilmem ki size nasıl teşekkür etmeli? dedim.

Homongolos'un inanılmayacak kadar küçük ve güzel elleri var. Diyebilirim ki onda insana benzeyen yegâne şey bu biçimli ve nazik ellerdir. Spor hayatının bu elleri nasıl bozmadığına doğrusu hayret edilir.

O, Behire'yi bana teslim ettikten sonra gitmek istedi.

— Mümkün değil, dedim. Çocuğunu kurtardığınız aile size teşekkür etmek istemez mi?

Homongolos, hafifçe omuzlarını silkti:

— Alay ediyorsunuz Sâra Hanım... Hem biliyorsunuz ki, ben böyle merasimden hoşlanmam... Tesadüfen küçüğü bir köpekten kurtardım diye bir muzaffer kumandan, bir kahraman alayişiyle götürülmek... Teşekkürler filan... Aman, ne gülünç şey Yarabbi! Müsaade buyurunuz, rica ederim... Kampa dönmeye mecburum.

Cevabımı beklemeden motosiklete atladı ve karanlığın içinde kaybolup gitti.

Birdenbire canlanan Behire:

— Eyvah ablacığım... Bizim oyun boşa gitti, dedi.

Ben, gülerek:

— Ehemmiyeti yok... Ben, mahsus bıraktım... Daha iyi oldu, dedim.

— Daha iyi mi? Nasıl?..

— Birazdan anlarsın... Rolünü iyi oynadın, küçük. Umarım ki hayatta bir şeye benzeyeceksin... Nasıl oldu bakayım, anlat?..

Üstünü başını düzelterek başladı:

— Hiç... Gayet kolay. Motosikletin gürültüsünü işitince yerde tozların içinde şöyle bir yuvarlandım... Ceplerime, koynuma irili ufaklı bir iki avuç taş doldurdum... Ağaca çıktım. Hasan babanın köpeği oralarda dolaşıyordu... Hayvancağızı taşa tuttum, bağırmaya başladım... O vakte kadar Homongolos da ağacın yanına gelmişti... Ağlaya ağlaya onu çağırdım.

Yolun öte başında iki karaltı belirdi. Vesime ile Remzi Bey'di. Onlar, aşağı yolda çocuğu bulamamışlar, telaş içinde bu tarafa geliyorlardı.

Behire'ye yavaşça:

— Sen yine o biraz evvelki tavrını al... Ağlayıp sızlamaya başla, dedim.

Behire'yi görünce onlar da geniş bir nefes aldılar. Vesime, kardeşine sarılarak ağlamaya başladı. Vakayı kısaca anlattık.

Remzi Bey:

— Görüyor musun Vesime, dedi, ortalığı telaşa vermeyelim demekte hakkım yok muymuş?

Zavallı saf dayızadem, hâlâ sıcak gözyaşları döküyor, Behire'yi kolları arasında sıkıyordu.

Remzi Bey, bana döndü:

— Biliyor musunuz Sâra Hanım... Bu akşam ilk defa Vesime ile aramızda ihtilaf çıktı. O, hemen köşkü ayağa kaldırmak istiyordu. Ben, "Anneni, babanı boş yere heyecanlandırmayalım" diyordum. "Sizin kardeşiniz olsaydı böyle söylemezdiniz" demesin mi?

Vesime, asabiyetle:

— Evet ama, senin de bana söylediğini tekrar edersem, dedi.

— Düğünlerine onbeş gün bile kalmayan nişanlılar için böyle sitemler biraz erken değil mi? diye aralarını buldum.

Sonra devam ettim:

— Homongolos'a teşekkür etmek mecburiyetindeyiz. O, tevazuundan bize kadar gelmek istemedi... Biz, onu kampında ziyaret ederiz.

Vesime:

— İyi olur, dedi, yarın öğleden sonra...

Ben, itiraz ettim:

— Hayır, hayır... Bu gece gidersek daha makbule geçer... Hem birazdan mehtap da doğacak... Büyük arabayı koştururuz, öyle değil mi Remzi Bey?

Dayımın damadı tabii derhal razı oldu. Sevincini gizlemeye çalışarak:

— Evet, evet... Bu vazifeyi yarına bırakmak doğru olmaz, dedi, mamafih, sen kendini pek yorgun hissediyorsan kalabilirsin, Vesime?

Ben, yine itiraz ettim:

— Hayır, hayır... Behire'yi kurtarana herkesten evvel Vesime'nin teşekkür etmesi lazım... İsmet Hanım'la Handan'ı da alırız. Olmaz mı?

Köşke gelince vakayı dayımla yengeme anlattık. Geç kalmak korkusuyla yemek vaktini beklemek istemedik. Araba hazırlanırken biz mutfağın önünde, geniş bir bahçe masasında acele acele yemeğimizi yedik.

Herkes rastgele birkaç çiçek koparak minimini birer demetçik hazırlıyordu.

Araba, köşkten hareket ederken ay doğdu. Havada bu gece tatlı bir serinlik ve sonbahar kokuları vardı. Yarım saat kadar gittikten sonra bir küçük tepenin eteğinde durduk. Bizi kampa götüren dolambaçlı yokuşu yürüyerek çıkmak lazımdı.

Biz, daha yolun yarısına varmadan sporcu arkadaşlarımız geldiğimizi haber almışlardı. Hayret ve sevinç feryatlarıyla tepeden inmeye, bize doğru koşmaya başladılar. Spor meydanlarında olduğu gibi, şerefimize, "Şa... şa... şa!.." diye bağrışıyorlar, geleceğimizi evvelden bilseler yolumuzun iki tarafını fenerlerle süsleyeceklerini, şenlik yapacaklarını söylüyorlardı.

Bir aralık yokuşu çıkarken dizlerinin kesildiğini söylemek gafletinde bulunan İsmet Hanım validemizin etrafına üşüştüler, birbirlerinin bileklerini tutup bir nev'i tahtırevan yaparak zavallı kadını bağırta bağırta bindirdiler, kampa bir eski zaman emiresi ihtişamıyla çıkardılar.

Bu beklenilmez ziyaret, sporcu arkadaşlarımızı çıldırtıyordu. Yalnız Homongolos müstesna. Hatta diyebilirim ki, onun biraz canı sıkıldı. Birer birer uzattığımız çiçek demetlerini alırken asabileşiyordu:

— Teşekkür ederim ama, alay ediyorsunuz gibi geliyor, diyordu.

Kampta üç saatten fazla kaldık. Sporcular, bize öyle ikram ettiler ki... Bir tanesi üzümüyle meşhur bir bağdan bize üzüm getirmek için bisikletine atlayarak bir saatlik yere gidip geldi.

Homongolos, âdeti üzere biraz gevezelik etmiş, sonra karanlık bir köşeye çekilmişti. Geziyor gibi yaparak güya tesadüfen yanına gittim. O kadar dalgındı ki, evvela farkında olmadı. Elinde tuttuğu bir küçük demete sabit bir nazarla bakıyordu. Kalbim birdenbire çarptı. Homongolos'un elinde kendi çiçeklerimi tanımıştım. Acaba kadın düşmanına ilk hücumlar tesirini göstermeye mi başlamıştı? Sporcunun, beni görür görmez demeti saklamak ister gibi bir hareket yapması ümidimi bir kat daha artırdı.

— Mehtap gibi, çiçekleri de galiba seviyorsunuz Ziya Bey? dedim. Dünyanın hiçbir güzelliğinden anlamadığınızı söylerken galiba kendinize iftira ediyorsunuz.

O, yerinden kalkarak biraz müstehzi cevap verdi:

— İhtimal, efendim, insanız; hepimizde bin çeşit manasız zaaf var... Demetinizi çok beğendim, çok zarif buldum, hatta onu yatak odam olmadığı için portatif karyolama asacağım.

— Bu, benim için ne saadet Ziya Bey!

— Efendim, ben "Gümüşyay" kulübüne mensubum. Çiçeklerinizi tamamı tamamına kulübümüzün formasını teşkil eden renklerden intihap etmişsiniz... Bu zevk ve zarafete nasıl hayran olunmaz?

Ne kadar şaşırdığımı, kızdığımı tasavvur edersin Nermin. Fakat hiçbir şeyi belli etmeden:

— Kulübünüzün renklerini bilmediğimi itiraf ederim Ziya Bey... Mamafih, velev ki tesadüfün yardımıyla olsun sizi memnun ettiğime çok seviniyorum... Spor kulüplerimiz hakkında maalesef çok az bir şey öğrenebildim. Etrafımdakiler dansın nevilerinden başka bir şey anlamayan manasız insanlar... Çok merak ediyorum Ziya Bey... Bana bunlar hakkında bir parça malumat verir misiniz? İsterseniz biraz şöyle yürüyelim... Hem bizi rahatsız etmezler, hem bu tarafları görmüş olurum... Biliyor musunuz Ziya Bey? Ben, görmediğim yerleri öyle merak ederim ki... Mesela, şu ağaçların arkasında vadi gibi bir şey var...

Homongolos'un aksi bir söz söylemesine, teklifimi reddetmesine meydan vermemek için sözümün arkasını kesmeden yürümeye başlamıştım. O, çaresiz arkamdan geliyordu. Biraz ilerledikten sonra durup bekledim. Yüzümü mehtaba çevirmiştim. Bu dakikada bir füsun gibi güzel olduğumu hissediyordum. Fakat o, bir kere bile bakmaya lüzum görmedi.

Yavaş sesle:

— Buraları dikenler ve taşlarla dolu Allah'ın belası bir yerdir... Rahatsız olursunuz... Belki elbiseleriniz yırtılır, dedi.

Ben, gülerek inat ediyordum:

— Ne ziyanı var Ziya Bey?.. Hem misafirinizim. Arzularımı yerine getirmeye mecbursunuz.

Homongolos, nâçar, beni takipte devam ediyordu. Fakat yan yana yürümek için yaptığım bütün manevraları neticesiz bırakıyor, dört beş adım arkamdan yürüyordu. Ben, ikide bir de izahat istemek bahanesiyle duruyordum.

— Şu karşıki yamaçta hafif aydınlıklar görünüyor. Bir köy mü acaba?

— Şu yol acaba nereye gider?

Spor kulüplerinin teşkilatına ait izahatı ikimiz de unutmuştuk. O, artık gevezelik etmiyor, çatkın bir çehre ile düşünüyor, suallerime tek tük kelimelerle cevap veriyordu.

Sık bir fundalığın kenarına gelmiştik. Homongolos:

— Artık gitmeliyim, dedi, temin ederim ki ileride sizin gibi bir küçük hanım tarafından görülmeye değer hiçbir şey yok... Dik uçurumun altında sessiz, karanlık bir vadi...

Bu "sizin gibi bir küçük hanım" sözüne nişan koyarak ısrar ettim. Homongolos, bu defa önüme geçti. Kuvvetli kollarıyla dalları ayırarak, dikenleri kopararak bana yol açıyordu. Böylece bir derin uçurumun kenarına geldik. O, muzaffer bir istihza ile:

— Daha ileri gitmek isterseniz siz bilirsiniz, dedi.

Homongolos, burasını çok güzel tasvir etmişti. Baş döndürecek kadar dik bir bayır, karanlık ve vahşi bir vadi... Karşı sırtların tepeleri ay ışığı içinde bembeyaz... Fakat aşağılara indikçe mehtap derece derece sönüp kararıyor. Bu dağ boğazından hiç rüzgâr eksik olmazmış. Karanlığın içinde donuk gümüşlere mahsus belli belirsiz bir parıltıyla titreyen zeytin dallarından vahşi uğultular geliyor...

Uçurumun tâ kenarına kadar ilerledim, yüzümü karanlık boğaza çevirip durdum. Fakat tamamıyla değil... Profilimi ay ışığında Homongolos'a gösterecek bir vaziyette... Bu dakikada benliğim iki parçaya ayrılmış gibiydi...

Birisinin gözleri, ötekinin çıldırtıcı güzelliğini bir yabancı gibi karşıdan seyrediyordu. Kendi güzelliğime olan aşkım hiçbir zaman bu kadar marazi bir şiddet almamıştı.

Sâra'nın ruhu, Sâra'nın vücudu için çıldırıyordu. Fakat ne yazık ki bu güzelliğin pek az, ancak üç beş sene ömrü kalmıştı. İhtiyarlamak ve güzelliğimi kaybetmek fikrinin beni bazen nasıl harap ettiğini bilirsin. O melun korku, yine yüreğimde derin sızılarla uyanıyor, gözlerimi yaşartıyordu.

Göz ucuyla Homongolos'a baktım. Onun için yolun kenarına sıralanan iri kaya parçalarından ehemmiyetli değildim. Çakısıyla değnek yontarak hafif hafif ıslık çalıyordu. Canavar, bana bakmıyordu bile Nermin!

Bu kalpsiz adamı teshir etmekten bu dakikada ümidimi keser gibi oldum.

Homongolos, başımı çevirdiğimi fark ettiği zaman aynı nakaratı tekrar etti:

— Dönsek mi İsmet Hanım... Pardon Sâra Hanım. Görüyorsunuz ki manzarada bir tebeddül yok... Kıyamet filan kopmazsa olmayacak gibi de... Binaenaleyh ne vakit isterseniz yine gelebiliriz... Mesela, yirmi otuz sene sonra...

Bu zevzek adam, bunları belki söz olsun diye söylüyordu. Fakat bana, bu dakikadaki gizli düşüncelerimi, gizli korkularımı keşfetmiş de benimle alay ediyor gibi geldi.

O, aynı sesle devam etti:

— Maahaza, terbiye-i bedeniyeye ehemmiyet vermez, sporu istihfaf ederseniz, o vakit takatsız bir ihtiyar hanım olursunuz... Romatizmalı bacaklarınız bu çetin yollara tahammül edemez...

Sâra'nın heykel gibi vücudunun durduğu yerde buruşuk, bitkin bir ihtiyar kadın gördüm. Hainin maksadı aşikârdı. İhtiyarlığımla eğleniyordu. Zaten ismimi şaşırarak bana İsmet Hanım demesi de bunun için değil miydi?

Bu adama karşı duyduğum isyan ve nefret, bu sözlerle son dereceyi buluyordu, kuvvetim yetse onu belki uçuruma atardım.

Ona daha açık bir hücumda bulunmaya karar verdim. Hazır, gözlerim de yaş içindeydi.

— Ziya Bey, dedim, gözüme bir şey kaçtı... Galiba bir gece böceği... Çok rahatsız ediyor... Lütfen bir kere bakar mısınız?

Gülümseyerek yanına gittim. Yaşlarla ıslanmış yüzümü –bir buse için gibi– ona uzattım. Homongolos, bir adım geri çekildi, elleri cebinde, bana bir kurt masalı okumaya başladı:

— Ehemmiyeti yok canım... Parmağınızın biriyle göz kapağınızı bastırır, ötekiyle ütü ütüler gibi sıvazlarsınız. Elhamdülillâh-i Teâlâ bir şey kalmaz...

Ben, hasta bir çocuk gibi sızıldanarak:

— Çok rica ederim, dedim, o kadar acıyor ki...

— İyi... Fakat karanlıkta nasıl görebilirim?..

— Cebinizde elektrik feneriniz var ya...

— Olmaz efendim... Büsbütün gözünüzü kamaştırır... Biraz soğukkanlı olun canım... Siz gayretli bir hanım olduğunuzu söylüyordunuz.

Mücadelemizi gözünün önüne getiriyor musun Nermin? Onu yakından çehreme, gözlerimin içine bakmaya mecbur etmek için adeta yüzsüzce uğraşıyordum. Ne yaparsın Nermin? Muharebe muharebedir.

Madem ki güzelliğimi karşıdan fark etmiyor, onu zorla gözüne sokmak lazım.

Yarı müstehzi bir tavırla karşıma durdu. Başımı ay ışığına çevirmiştim. Islak yanağıma dokunmaktan çekiniyor gibi serçe parmağının ucuyla göz kapağımı kaldırdı. Göz göze geldik. Onunla ilk defa böyle yakından bakışıyorduk.

Homongolos'un gözlerinin de hafifçe titrediğini hisseder gibi oldum.

Mamafih, yine o alaycı sesiyle:

— Bir şey görünmüyor, dedi. Zaten gözünüze hafazanallah deve kaçsa bu ziyade görünmez ya...

Bir kere de elektrik feneriyle bakmasını tekrar rica ettim. Canı sıkılmış gibi bir tavırla sol elini cebinden çıkardı. Bu el bir mendille sarılıydı. Fenerin düğmesini bulmak için sıkıntı çekiyordu.

— Elinize bir şey mi oldu? dedim.

— Yok efendim... Demin ağaç yontarken çakı ile biraz kestim... Ehemmiyetsiz bir çizgi... Bizim için rûzmerre vukuattandır.

Fener yandığı zaman fark ettim. Ehemmiyetsiz çizgi dediği şey, mendili kana bulamıştı.

— Pardon Ziya Bey, dedim, sizin yaranız benimkinden ehemmiyetli... Zaten artık gözümün acısı da geçiyor... Şimdi ben, sizi tedavi edeyim.

Homongolos, bu kızdan kurtulamayacağım, der gibi bir vaziyette başını salladı. Biraz nazlandıktan sonra elini uzattı... Ehemmiyetsiz çizgi avucunun içinde bir uzun yaraydı ki, seni, beni günlerce yatakta yatırırdı.

Mübalağalı bir teessürle mendilimi yırttım, yavaş yavaş yarasını sarmaya başladım.

Homongolos'un vaziyetinde biraz tahavvül vardı:

— Siz, çok soğukkanlı, çok metin bir küçük hanım olduğunuzu söylüyordunuz... Halbuki çocuk gibisiniz... Sizi gören, can vermek üzere olan bir yaralıyı tedavi ettiğinizi zanneder... Ne ehemmiyeti var efendim?.. Bunlar, bizim hayatımızda olağan şeyler...

Homongolos, âdeti üzere eğleniyordu. Fakat sesinde şimdi bir parça hüzün ve rikkat vardı.

Yavaş yavaş kampa döndük. Bana bu ehemmiyetsiz kazadan bahsetmememi rica etti.

Harp cephemizin vaziyetinde bir fevkaladelik daha haber vereyim Nermin!.. Dönme vakti geldiği zaman Homongolos, motosikletine bindi. Rahatsız olmaması için edilen bütün ricalara rağmen bizi köşke kadar getirdi. Tabii ben de bundan istifade ettim. Ertesi gün bizi ziyarete geleceğine dair söz aldım.

Ayrılışımızı yan gözle seyreden İsmet Hanım, eski tecrübesiyle:

— Kaya balığı oltanın yemini ısırmaya başladı, Sâra. Galiba muvaffak olacağız, dedi.

Sâra

XII

Sâra'dan Adnan Paşa

Sevgili paşa babacığım,

Ondokuz günden beri senden mektup alamıyordum. Merakımdan çıldırıyordum. Dün, telgrafla sıhhatinizi sormak için kasabaya inmiştim. Postanede henüz gelmiş ve daha müvezzie teslim edilmemiş bir mektubunu bulmayayım mı? Sâra'nın seni ve annesini nasıl sevdiğini anlaman için o dakikada yanımda bulunmalıydın paşa baba. Sevinçten hem ağlıyor, hem gülüyordum. Yabancı memurların karşısında bir çocuk gibi yaramazlık etmekten kendimi alamıyordum. O dakikada güneş daha parlak, dünya daha güzel görünüyordu.

Annemi göndermeye karar vermişsin baba... "Onu bu sene burada alıkoymak muvafık olacaktı; fakat seni düşündüm Sâra" diyorsun. Paşa babacığım, ben, büyük bir çocukluk ettim. Affet. Kendimi bu kadar yalnız bulduğumu senden saklamalıydım. Öteki arkadaşlarım gibi gülüp eğlendiğimi, sevdiklerimi hiç hatırıma getirmediğimi yazmalıydım. O vakit, belki annemi yanında alıkoyar, gurbet acısını daha az hissederdin. Ben, bu fedakârlığı yapmalıydım. Fakat ne yapayım, paşa babacığım, ben yalan söyleyemiyorum.

Annem, binbaşı Kerim Bey'le beraber onbeş güne kadar oradan hareket edecekmiş. Bana Kerim Bey'den uzun uzadıya bahsediyorsun. Bu Kerim Bey vaktiyle pederi Cevat Paşa ile beraber Beylerbeyi'ndeki yalımıza gelip giden Kerim Bey değil mi? Hayal meyal hatırlıyorum.

Ben, o vakit pek küçüktüm. O, onsekiz yirmi yaşlarında bir Harbiyeliydi. Senin anlattığına göre, bu Kerim Bey fevkalade bir insan, bir destan kahramanı olmuş. Ahlakı gibi yüzü de çok güzelmiş. İstikbali çok parlak görünüyormuş... Babası ona oldukça mühim bir servet bırakmış. Bu genç erkân-ı harp zabiti mühim bir vazife ile Avrupa'ya gidiyormuş... Fakat İstanbul'da iki ay kadar kalacakmış...

"Pek takdir ettiğim ve sevdiğim bu meslektaş, İstanbul'da bize misafir olacak. Hürmet ve rivayette kusur etmezsiniz" diyorsun.

Paşa babacığım, sen de benim gibi yalan söylemesini bilmiyorsun. Ondan bu kadar uzun boylu bahsedişinden anlıyorum ki, beni bu Kerim Bey'le evlendirmeyi iyice aklına koymuşsun. Emrin üzere Kerim Bey'e çok ikram edeceğim. Fakat zevcesi olacağımı hiç ummuyorum. Söylediğin gibi bu Kerim Bey'i hayal meyal tanıyorum. Sahiden güzel ve zeki bir genç... Fakat ne o tarz güzelliği, ne öyle zekâyı ben hiç sevmiyorum paşa baba... Bilirsin ki çok sade ve sakin bir kızım... Sizin dizinizin dibinde yaşamaktan başka bir emelim yok. İlâh, ilâh, ilâh...

Sâra

XIII

Sâra'dan Nermin'e

Ondört gündür vakit bulup sana mektup yazamadım Nermin! Bu sükûtuma sen, fena mana veriyor, "Homongolos'a karşı mücadelende mağlup oldun... Orduları yenilmeye başlayan milletler resmi tebliğ vermekten utandıkları gibi sen de bana galiba havadis vermekten utanıyorsun" diyorsun. Ne gaflet! Sen, Sâra'yı hâlâ tanımıyorsun. Canavarı bir aya varmadan, gazetelerin "hezimet-i kahkariye" dedikleri cinsten bir mağlubiyete uğratacak, İstanbul'a muzaffer geleceğim. Zaten, nihayet bu ayın sonunda İstanbul'a dönmem lazım geliyor. Annem, yirmi güne kadar Erzurum'dan gelmiş olacak.

Aman, sana bir havadis! Hani benim Beylerbeyi'ndeki yalıda iken Kerim isminde bir flörtüm vardı. Amasya elmaları gibi kırmızılı, sarılı yuvarlacık bir çocuk. Zavallı, mektepte bana sahife sahife mektup yazacağım diye derslerini bırakır, sınıf dönerdi. İşte o Kerim Bey –ki şimdi parlak bir erkân-ı harp binbaşısıdır– nasılsa Erzurum'da babamla buluşmuş. Beni istemiş. Aralarında karar vermişler. Şimdi annemle beraber İstanbul'a geliyor, bize misafir olacakmış. Herhalde bu kış bize birkaç aylık eğlence çıktı.

Kerim Bey'e birbuçuk sene evvel bir gün Taksim'de tesadüf etmiştim. İlk maceramın tesiri el'an geçmemiş olacak ki yanakları, daha doğrusu elmaları yine kızarıp sararmaya başladı. Lakırdılarını şaşırdı. Ayak üzerinde beş on dakika konuştuk. Zevcesini, çocuklarını sordum. Yedi sekiz sene evvel evlendiğini, fakat zevcesinin dokuz ay sonra tifodan öldüğünü söyledi. Aynı suali o da tabii bana sordu. Daha evlenmemiş olduğumu duyunca düşüp bayılıyordu. Binbaşı bey, bir saniye içinde bir izdivaç planı hazırladı. Beş dakika daha konuşsak belki ayak üzerinde bir alım satım müzakeresi geçecekti. Fakat ben, bir bahane ile hemen ayrıldım.

İnsan, yaşla, mekteple değişmiyor Nermin!

Biz nasıl o vakitki hafif, delişmen kız çocukları kaldıksa, Kerim Bey de o vakitki saf ve ateşli mektepli kalmış.

Her neyse, bu Kerim Bey meselesini konuşmak için daha hayli zaman var. Şimdi, yine Homongolos'a dönelim.

Evvela, sana birkaç postadır mektup yazmayışımın hesabını vereyim. Yarın Vesime'nin düğünü var. Düğün telaşı bir yandan, Homongolos muharebesi gaileleri bir yandan, yarım saat boş vakit bulamadım ki sana mektup yazayım Nermin.

Bütün hazırlıklar bitti. Düğün yarın, herhalde pek çok eğlencek, pek çok acayip şeyler göreceğim.

Sana evvelce yazmıştım. Her yerde olduğu gibi burada da mütemadi bir eski hayat-yeni hayat mücadelesi var. Yaşlılarla gençler mütemadiyen çarpışıyorlar. Yerine, zamanına göre bazen eskiler, bazen de –daha nadir olarak– yeniler mağlup oluyor. Yarın düğün, herkesin eğlenmesi, memnun olması lazım gelen bir mütareke günü.

Bunun için dayımla yengem iki tarafı da memnun edecek bir tertip buldular: Gündüz, yaşlılar ve yerli eşraf aileleri için alaturka merasim yapılacak. Vesime, eski zaman gelinleri gibi teller, duvaklar takacak. Koltuklar, kuşak bağlamalar, para serpmeler, dualar... Kim bilir daha neler... Hâsılı, muhteşem bir tarih komedyası seyredeceğiz... Hatta bir aralık düğünün bu kısmında köylü elbiseleri bile giymeyi düşündük.

Fakat akşama doğru resmi misafirler çekildi mi meydan bize kalacak. Programın ondan sonraki kısmı tamamıyla alafranga... Artık sabaha kadar neler olacağını Allah bilir...

Dayımla yengem programın bu kısmına karışmak istedikçe:

— Yok, yok... Bunu da artık bize bırakın... diyoruz.

Evet, yarın Vesime ile Remzi Bey'in büyük günü... Sevdalılar nihayet murada eriyorlar...

Vesime, rüyada meleklere gülümseyen çocuklar gibi masum bir istiğrak içinde... Remzi Bey de tabii memnun. Yedi sekiz hafta evvel havuzun yanında, "dünyada Vesime isminde bir genç kız yaşamasaydı ben aşkın ne olduğunu bilmeyecektim" diyen dudaklar mütemadiyen gülüyor... Fakat ne gülüş!

Sezdirmeden dikkat ediyordum. Yalnız kaldığı vakit –yorucu bir rolü henüz bitirmiş aktörler gibi– kendini bırakıyor.

O yağmur gününden sonra Remzi Bey'e karşı pek ciddi bir vaziyet aldığım için eskisi gibi yanıma yaklaşmaya cesaret edemiyor. Hatta yüzüme bakmaya çekiniyor.

Bu sabah bir şey almak için çamaşır odasına girmiştim. Remzi Bey'i bir tahta iskemleye çökmüş, başını hasta bir çocuk gibi ütü masasının kenarına dayamış buldum.

Ayak sesimi işitince birdenbire yerinden fırladı. Masanın tahtasına dayanan alnı kıpkırmızı, fakat yüzü sapsarıydı.

Korkak bir tebessümle:

— Yorgunluktan az kaldı uyuyordum Sâra Hanım, dedi. Sarhoş gibi sallanarak odadan çıktı.

İşte böyle Nermin, zavallı Remzi Bey, herkese karşı şen ve memnun. Fakat benimle yüz yüze geldiği zaman renkten renge giriyor. Biçareye acımıyor değilim, fakat ne yapayım, kendi istedi.

Gelelim şimdi Homongolos'a...

Kadın düşmanıyla hemen her gün görüşüyorum. Müttefiklerimin bana dehşetli faydası dokunuyor. Hele küçük Behire, öyle ince kurnazlıkla çalışıyor ki... Muharebe bittiği zaman bu şeytana, muzaffer kadınlık namına bir iftihar madalyası vermeli...

Mamafih, şunu da haber vereyim ki, müttefiklerimizin adedi şimdi dokuza çıktı. Homongolos ile daima beraber bulunmam bazı arkadaşların dikkatini celp ediyordu. Bunlardan bir kısmı bende Homongolos'a karşı anlaşılmaz bir temayül uyandığına inanıyorlar... Varsınlar, öyle zannetsinler... Yakında iş meydana çıkınca onlar da hakikati anlayacaklar...

Fakat, az çok zeki olanlar bu ihtimali akıllarına sığdıramıyorlar. "Sâra mutlaka bir oyun oynuyor" diyorlar. Bunların gevezeliğine mâni olmak için meseleyi açıkça anlatmak ve onları müttefiklerimiz arasına almaktan güzel çare olamazdı, değil mi?

Herkes şimdi merakla bu komedyanın neticesini bekliyor.

Evvelce de yazdığım gibi düşmana karşı tabiyeyi değiştirdim. Eskiden Homongolos'u hafif tertip bir koketri ile teshir etmeyi düşünüyordum. Gerçi şimdi de buna imkânsız denilmez. Erkek kalbi granitten bile yapılmış olsa, bizim güzel cinsimiz yine onu eritmenin, aşındırmanın yolunu bulabilir. Fakat bunun için zaman lazım... Benim ise nihayet üç haftadan fazla vaktim kalmadı. Onun için açıktan açığa hücum ediyorum. Homongolos'u sevmeye başlamış gibi görünüyorum.

Her gün onu görmek için bir ayrı sebep icat ediyorum. Bu sebeplerden bazıları öyle çocukça şeyler ki, Homongolos da bunların bir hileden başka bir şey olmadığını anlıyor.

O, hâlâ eskisi gibi küstah ve mütecaviz, fakat bazen dalgın dalgın düşünüyor.

Müttefiklerimden çok ümit verici raporlar alıyorum.

Geçen gün Handan'la konuşuyormuş. Birdenbire:

— Sâra Hanım'ın gözlerinde bir hastalık filan var mı acaba? diye sormuş.

Handan şaşırmış. O, gülerek:

— Bilmem... Arkadaşınız bazen pek iğrenç manzaralara adeta zevkle bakıyor. Herhalde çizgileri ve renkleri bizim gibi görmüyor galiba! demiş.

Homongolos'un "iğrenç manzara"dan kendini kastettiği aşikâr değil mi Nermin?

Handan da bunu anlamış; benim çok garip bir kız olduğumu, bazen en çirkin insanları beğendiğimi söylemiş.

Homongolos:

— Bu küçük hanım hastadır, diyor; uzaklara bakarak düşünüyormuş.

Şu raporu da İsmet Hanım'dan aldım. Aralarında şöyle bir muhavere geçmiş.

İsmet Hanım:

— Sâra birkaç seneden beri hastadır.

Homongolos:

— Turp gibi kız maşallah... Mamafih, bir doktora baktırsın.

— Bu hastalık daha ziyade asabi bir şey, zavallı çocuk, birkaç sene evvel büyük bir ıstıraba uğradı... Dünyaya küstü.

— Geçmiş olsun. İnsanlıktır bu.

— Yarası kapandı. Fakat izi hâlâ baki, iyi kalpli bir insansınız... Size hakikati söyleyeyim... Sâra, birini seviyordu.

— Yine mi o masal?

— Sizin gibi kuvvetli bir insan için sevda bir masal olabilir. Fakat o, çok hassas ve mariz bir kızdır.

— O halde evlenmeliydi. Sâra Hanım, yüzüne bakılmayacak kız değil. Hatta zamane erkeklerinin ekserisi bu çeşit kızları, güçlü kuvvetli kızlara tercih etmek garabetini gösterirler. Onun için Sâra Hanım'ın sevdiği ile evlenmesinde hiçbir mâni olamazdı.

— Babası bir türlü razı olmadı...

— Pek fakir filan bir adam mıydı?

— Hayır... Arap, hem de sakın ak arap filan zannetmeyin... Kömür gibi siyah bir zenci... Sâra, bu adama varamadığı için dünyaya darıldı. Evlenmemeye azmetti... Daima boynunda taşıdığı madalyonda onun resmi vardır... Mamafih, henüz gençtir... Belki unutur... İhtimal, unutmuştur bile.

Homongolos, kahkahalarla gülüyormuş. Fakat İsmet Hanım bu kahkahaları çok asabi bulduğunu söylüyor:

— Artık şüphem kalmadı. Sâra, diyordu, oltanın iğnesine saplandı. Kayabalığı boş yere çırpınıyor.

Mamafih, Homongolos'a en müthiş darbeyi küçük Behire indirdi. Vakayı anlatayım: Bir gece evvel bütün müttefikler baş başa verip kararlaştırdığımız üzere İsmet Hanım bahçe kapısının yanındaki kanepede Homongolos'u lakırdıya tutuyormuş. Behire, elinde bir küçük madalyon sallayarak bahçede dolaşıyor:

— Sâra ablamı gören var mı? diye önüne gelene soruyormuş.

İsmet Hanım, çocuğu çağırmış:

— Sâra'yı ne yapacaksın? demiş.

Küçük şeytan masum bir tavırla:

— Kapının önünde şu küçük madalyonu buldum... Bir kere galiba Sâra ablamın boynunda görmüştüm... Acaba onun mu diye soracaktım, diye cevap vermiş.

İsmet Hanım, madalyonu alarak muayene etmiş:

— Evet, Sâra'nın, demiş. Haydi sen oynamaya git. Ben, onu gördüğüm vakit veririm.

Çocuk, fütursuz bir tavırla sıçrayarak uzaklaşırken İsmet Hanım muammalı bir tebessümle:

— Garip tesadüf, demiş. Sâra, bu madalyonu acaba nasıl kaybetti? İçinde sevdiği arabın fotoğrafı var... Madem ki zavallı kızın sırrını size fâşetmiş bulunuyorum; bari resmini de göstereyim.

İsmet Hanım, mahzun mahzun madalyonu açmış. Fakat birdenbire, "A, a!.." diye bir feryat koparmış.

Bir gece evvel bir spor mecmuasından Homongolos'un küçük bir başını kesmiş, madalyonun içine yerleştirmiştik Nermin.

İsmet Hanım annemiz, güya heyecanla resmi yere, tozların içine düşürmüş...

Homongolos, tabii eğilip almış, kendi resmini görünce...

Kendi resmini görünce ne hale girdiğini sana İsmet Hanım'ın ağzından anlatayım:

— Homongolos, kendi resmini görünce taş gibi donup kaldı. Yüzü renkten renge giriyordu. Kalbinden vurulmuş gibi derin bir nefes aldıktan sonra birdenbire silkinerek ayağa kalktı. Hiç onu bu kadar asabi görmemiştim. Mamafih, kendini çabuk topladı. Sesinin titremesine meydan vermemek için kahkaha ile gülerek:

— Bu, ne gülünç şey hanımefendi? dedi.

O vakit müşfik bir ana tavrı aldım:

— Ziya Bey, çok müteessirim. Bu resmi görmemeliydiniz... Fakat oldu, dedim.

Kendi kendimle mücadele eder gibi kesik kesik söylüyordum:

— Mamafih, benim de kabahatim yok... Nereden aklıma gelirdi? Doğrusunu ne saklayayım... Gerçi şüphe etmiyor da değildim. Fakat bu derecesi...

Güya daha fazla söylememek için kendimi sıkıyor, devam etmek için onun suallerini bekliyordum, ama o, şimdi bir kaya gibi hissiz ve sakindi. Daha fazla malumat almak için belki merakından ölüyordu. Fakat bir şey söylemiyordu ve söylemeyecekti.

Onun için aynı müşfik anne endişesiyle devam ettim:

— Evet, Ziya Bey... Bu garip tabiatlı genç kızın size lakayt olmadığını anlıyordum. Etrafındaki insanları gözü görmüyordu. Sizinle sık sık görüşmek için vesileler buluyordu.

Böylece devam ettim. Homongolos, başı önünde, bir kelime söylemeden beni dinledi. Nihayet:

— Evet, bu bir felaket Ziya Bey!.. Fakat felaket gibi başlayan şeyler bazen saadetle de biter... Ben, bunun çok misallerini gördüm. Siz, ne dersiniz bu işe Ziya Bey? diye sözümü bitirince yavaş yavaş yanımdan kalktı:

— Bunlar benim aklımın ermediği çocukluklar hanımefendi, dedi, bu küçük hanımın deli olduğu muhakkak... Araptan sonra Homongolos'un resmi... Mamafih, şunu söylememe müsaade ediniz ki, bu küçük hanımın deliliği sâri bir delilik... Affınıza mağruren biraz size de sirayet etmiş... Efendim, bana müsaade.

Homongolos, bana veda ederek sokağa çıktı, ağır ağır gidiyordu. Fakat öyle dalgın, öyle yorgun bir yürüyüş ki... Sade, bu yürüyüşü görsen Homongolos üzerindeki tesirinin derecesini anlarsın Sâra...

Mamafih, Homongolos, pek uzağa gidemedi. Behire gizli bir işaretim üzerine bisikletini yakalayarak sokağa çıkmıştı.

İsmet Hanım'ın hikâyesi burada bitiyor.

"Kadın düşmanını yakında ayaklarımın altında ezeceğim" demekte haksız olmadığımı teslim ediyorsun değil mi Nermin? Evet, pek yakında kadınlığın intikamı alınacak. Kim bilir, belki de yarın gece...

Bilsen ne kadar sabırsızlanıyorum Nermin!.. Homongolos, mutlaka bana izdivaç teklif edecek. Muzaffer bir kahkaha atacağım, bu muvaffakıyet hayatımın en kıymetli bir hatırası olacak... İlâh, ilâh...

Sâra

XIV

Sâra'dan Nermin'e

Nerminciğim,

Düğün yorgunluğu beni hasta düşürdü. Üç gün yatakta kaldım. Bunun için sana mektup da yazamadım. Tabii, mazur görürsün.

Buna mukabil sana pek sevinecek bir haber vereyim. Nihayet, on güne kadar İstanbul'dayım.

Vesime ile Remzi Bey dört günden beri evlenmiş bulunuyorlar. Binaenaleyh, daha uzun müddet burada oturmak için sebep kalmıyor. Hatta, daha doğrusunu söylemek lazım gelirse bir ayak evvel İstanbul'a dönmem bir vicdan vazifesi şekline girdi. Fakat ne yapayım ki işlerimin bir haftadan evvel bitmesine imkân yok.

Beni hemen buradan kaçmaya mecbur eden sebebi söyleyeyim: Remzi Bey mesut değil. "Vesime isminde bir genç kız dünyaya gelmemiş olsaydı" bu çocuk aşkı tanımayacaktı, değil mi? Binaenaleyh, Vesime ile evlendiği gün, onu saadetten öldürecek bir gün olacaktı.

Düğün günü gözümle gördüm. Remzi Bey, hakikaten ölüyordu. Fakat ne yazık ki saadetten değil.

Dayımın damadı, o gün sevdiği genç kızla evlenen mesut bir genç değildi. Bir cenaze merasimi için siyah elbiseler giyinmiş zavallı bir adamdı. Yüzü, ceketinin yakasındaki beyaz gül gibi renksizdi. Nikâhtan sonra tebrik için elini sıktım. Bir humma hastası gibi ateşler içinde yanan bu el, titriyordu. O kadar ki, büyük kardeşi, dünyada yaban ördeği avından başka bir şeye dikkat etmesine imkân olmayan o hissiz adam bile farkında oldu:

— Ne oldu Remzi? Sende bir tuhaflık var, dedi.

Dayımın damadı, halinden utanmış gibi şiddetle başını kaldırdı, renksiz dudaklarıyla gülmeye çalışarak:

— Saadetin fazlası da bazen elem gibi, ümitsizlik gibi insanı hasta eder, dedi.

Evet o gün, biçare Remzi Bey'de sevgili bir ölüsünün henüz gömüldüğünü görmüş bir insan hali vardı. Bütün yeisini gözlerinde toplamış, derin derin bana bakıyordu. Bir kelime söylesem çocuk gibi ağlayacağını hissediyordum.

Ne kadar yumuşak yürekli bir kız olduğumu bilirsin Nermin... Benim kalbim de parça parça oluyordu. Bu felakete sırf kendi ihtiyatsızlığının, sırf kendi budala gururunun sebep olduğunu biliyordum. Ben, pek fazla kabahatli olmadığıma eminim. Fakat, söyledim ya, zayıf kalpli bir kızım. Bir insanın, karşımda ıstırap çektiğini görmeye tahammülüm yok. Zavallının bu kadar mustarip olacağını bilseydim o küçük intikamdan da vazgeçerdim.

Vesime'ye gelince, kocasındaki fevkaladeliği görerek o da üzülüyor, fakat hakiki sebebi anlamıyor:

— Zavallı Remzi hasta... Hastalık da öyle fena bir zamana tesadüf etti ki, diyor.

Anlıyorsun ya Nermin? Çocukların saadeti için benim mutlaka buradan ayrılmam, aralarından çıkıp gitmem lazım; Remzi Bey beni karşısında gördükçe iyi olmayacak.

Vesimeciğin saadeti için, değil İstanbul'a dönmek, iki evli bir köye bile gitmeye razıyım. Fakat ne çare ki, evvelce de söylediğim gibi, işlerimizi henüz bitiremedim. Homongolos haininin gerçi süngüsü düştü, fakat ağın içinde çırpınan bir deniz canavarı gibi hâlâ mukavemet ediyor. Mamafih, çoğu gitti azı kaldı Nermin!..

Vakaları sırasıyla anlatayım:

Düğün programını evvelce yazmıştım. Gündüz alaturka bir nikâh oldu. Dualar okundu, şerbetler içildi.

Kasabanın bütün ihtiyarları, bütün ağırbaşlıları hazırdı. Vesime, tel, duvak taktı. Biz, kapalı elbiseler giydik, başörtüler örttük.

Gülsuyu ve amber kokularıyla dolan köşkte öyle ruhani bir hava vardı ki kendimi adeta cenaze evinde. Hicaz'da yahut cennette sandım. Merasime kasabanın ihtiyarlarıyla beraber gökyüzünün melekleri de iştirak etmişti diyebilirim. Ortalık kararırken alaturka davetliler akşam yemeği yediler ve dualar, senâlarla köşkten ayrılıp gittiler. Bu, birinci perde. Gelelim şimdi akşamdan sonra açılan ikinci perdeye... Dekor, tamamıyla değişmiş, gündüz gülsuyu ve amber kokuları içinde kanat çırpan meleklerin havası şimdi cazbant fırtınasıyla altüst oluyordu.

Gündüz hava bir parça bulanıktı. Ara sıra sert bir sonbahar rüzgârı esiyor, ufukta siyah bulutlar dolaşıyordu.

Gece programımız bozulacak diye ödümüz kopmuştu. Fakat akşama doğru rüzgâr dağıldı, en sakin ve ılık bir yaz gecesi başladı.

Kendi kendime, "Bu güzel gecenin seheri, ihtimal, kadın düşmanını mağlup olmuş görecek!" diye düşünüyordum. Dayım ve yengemle yaşlılar, günün yorgunluğundan bitap düşmüşlerdi. Bir kısmı erkenden odalarına çekildiler. Bir kısmı gerçi daha ortada dolaşıyordu, fakat hayaletler, heyulalar gibi... Gözlerinin önünde köşkü ateşe versek "Yapmayın!" diyecek halleri yoktu. Şu halde meydan tamamıyla bizlere kalıyordu.

Bu gece eğlenmesinde kadın erkek, elli kişiden fazlaydık. Bahçenin hemen bütün ağaçları fenerlerle donanmıştı.

Mütemadiyen Homongolos ile meşgul olduğum için bir şeye dikkat edemiyordum. Fakat, etrafın hali görülecek şeydi. Ne vakalar, ne maceralar!

Vesime ile Remzi Bey'in bu mesut gecesi altı gencin saadetine vesile oldu. Yani üç kızla üç erkek o gece tanıştı, anlaştı ve nişanlandı.

Üç çiftten biri esasen sevişiyordu, ama maddi müşküller karşısında bir türlü resmen nişanlanmaya cesaret edemiyordu. Fakat gece güzeldi, davetliler içki, çalgı ve dans ile sarhoştu. Zihinlerde düşünmek kabiliyeti kalmamıştı. Sinirler, sert bir rüzgâra karşı bırakılan bir gitarın gergin telleri gibi boğuk, tatlı ihtizazlara garkolmuştu. Bu dakikalarda insan, hayatı öyle güzel ve kolay görür ki... İstesek bir işaretle, bir bakışla gökyüzünün bir yıldızını ayağımıza düşüreceğimizi zannederiz... Her şey bu kadar kolayken bazı insanların bedbaht olması bize muamma gibi görünür. İnsan, böyle dakikalarda neye cesaret edemez Nermin?

Kim bilir ne kadar zamandan beri ıstırap çeken bu cesaretsiz çocuklar, bu tesirler altında, çabucak kararlarını verdiler. Artık küçük sırlarını etraftan saklamaya bile lüzum görmüyorlardı.

Eminim ki onlar, bu saatte evlenmek ve mesut olmak için gençlik, bir parça sevda, bir avuç berrak çeşme suyu kâfidir sanıyorlardı.

İkinci çift, sporcuların uzun boylu reisi ile yerli zenginlerden birinin İstanbul'da Amerikan Koleji'nden çıkmış kızıydı. Sporcunun çok uzun boylu ve zayıf olmasına karşı küçük hanımın fazlaca kısa boylu ve tombul olmasından başka hiç birbirlerine uymayan cihetleri yok. Mamafih, o gençle hangimiz evlensek yanında cüce gibi kalacaktık. Temenni edelim ki ömürleri damat beyin boyu gibi uzun, saadetleri nişanlı hanımın vücudu kadar dolgun olsun. Üçüncü çift mahkeme reisinin kızıyla kasabanın belediye doktorudur. O kadar kapalı büyütülmüş bir kız ki, hasta olduğu zaman, babası doktora bile götürmezmiş. Adamcağızın hulüsuna bakın ki, çocuğu evlendikten sonra da yabancı doktor görmeyecek.

Amcamla yengem, zavallı kıza o gece babasından izin alıncaya kadar akla karayı seçmişlerdi.

Reis bey, çocuğun, düğünü köşkün bir penceresinden seyretmesi şartıyla razı olmuş. "Rica ederim, bulunduğu odada lamba yanmasın. Dışarıdan gören olur. Gerçi bendeniz bu hayata muarız değilsem de..." diye ısrar etmişti. Sabahleyin dayımla yengem bu ağzı süt kokan masum kızın birkaç saat içinde nişanlandığını haber alınca şaşırdılar. Zavallıların korkudan dudakları çatladı.

Öyle ya, reis bey, bu işin tekmil mesuliyetini onların üstüne yıkacak. İki günden beri kasaba bu mesele ile meşgul. Reis beyin daha bir şeyden haberi yok. Mahkemede başkalarına ait iğfal davalarıyla uğraşıp duruyor. Şimdi, doktorun annesi resmen görücü gidecek ve reis beyden Allah'ın emriyle kızını isteyecek. Peder efendi, bir aksilik çıkarırsa felaket!

Saat ikibuçuğa doğru davetliler yorgun düştü. O vakit, supe başladı. Bu supe için yepyeni bir şey düşünmüştük. Ağaçların altına ikişer kişilik masalar hazırlatmıştık. Her birinin üstündeki dala bir ayrı fener asılmış minimini sofracıklar.

Büyüklere evvelden haber vereydik muhakkak mâni olurlardı. Fakat gece eğlencesinin tertip heyeti bir erkân-ı harbiye dairesi gibi gizli çalışmıştı.

Bu buluş sayesinde herkes istediğiyle başbaşa yemek yiyecek, istediği gibi konuşabilecekti. Zaten, o nişanlanmalar, filan da asıl bu sayede oldu ya...

Mamafih, programın tatbiki düşündüğümüz kadar kolay olmadı. Mesela, aramızdaki evliler ve nişanlılar birer tabii çift teşkil ediyorlardı. Fakat ya ötekiler?.. Onları kim ayıracaktı?

Bazı kadınlar ve erkekler vardı ki birbirlerine sempatileri olduğu görülüyordu. Fakat onları aynı masalara ayırmak, işi açığa vurmak demekti. Ve herhalde çok ayıp bir hareketti. Herkesi kendi keyfine bırakmak da doğru olamazdı. Çünkü hiçbir erkek, istediği davete cesaret edemeyecek, kimse küçük kalp sırrını meydana çıkarmaya razı olamayacaktı.

Bu vaziyet karşısında elimiz, kolumuz bağlanmış bulunuyordu.

Tertip heyetindeki arkadaşlarım bana hücuma başladılar:

— Bu icadı sen çıkardın Sâra, haydi bakalım, ayıkla pirincin taşını, diyorlardı.

Evet, bu icat benim başımdan çıkmıştı. Sebep de aşikâr: Homongolos'la baş başa kalmak, düşmana en zayıf saatinde ani bir hücum yapmak.

Fakat bu son vaziyet karşısında planın feci surette altüst oluyordu.

Bu müşkül dakikada ortaya bir "kura" sözü atıldı:

— Evli ve nişanlı olmayanlar kura ile sofralara tevzi edilsin.

Bu buluş, pek parlak bir şey değildi. Birçok kimselerin gizli emellerini kırıyordu. Fakat davayı halletmek için bundan başka çare yoktu.

Mamafih, bu kura usulünün bazı hoş tesellileri de vardı. Mesela, kadın erkek, herkes şansını denemiş olacaktı. Sonra, minimini hileler yapmak, bu bir saatlik flörtü kendi alnının teriyle hak etmek de mümkündü. Nitekim bir parça gözü açık olanlar hep öyle yaptılar.

Homongolos'la bir sofraya düşmekten ümidimi kesmiştim. Mamafih, "Kadınlık namına açtığım bu ulvi mücadelede belki Allah bana yardım eder!" diyordum.

Kuranın şekline gelince; sporculardan biri garip bir usul teklif etti:

Erkeklerden her biri bir kâğıt parçasının üstüne bir numara yazacak, hanımlar, "Sayım kaç?" diye soracaktı. Böylece herkes bir adet söyleyecek, biri mesela beş, öteki sekiz, öteki üç diyecekti. Kavalyenin kâğıdında mesela "üç" yazılı ise "üç" diyen hanıma kâğıdını verecek ve sofrasına davet edecekti. Nasıl, janti bir kura değil mi?..

Gözlerde gizli bir sevinç parladı. Hileye bundan daha ziyade müsait bir usul bulunamazdı. Erkekler, yazacakları numarayı istedikleri hanıma gizli bir işaret, yahut bir kelimeyle anlatıyorlardı.

Gerçi bunun böyle olduğunu herkes biliyordu. Fakat ne çıkar? Zevahir kurtuluyordu ya.

Kadınlar arasında en müşkül mevkide kalan bendim. Homongolos, bir türlü bu kurnazlığı fark etmiyor, bana yazacağı numarayı söylemiyordu. Yanına yaklaştım:

— Ziya Bey, birçok kimselerde bazı adetlerin uğurlu, bazı adetlerin uğursuz olduğuna dair bir itikat vardır. Sizin uğurlu saydığınız bir adet var mıdır?

O biraz müstehzi, cevap verdi:

— Tabii.

— O adet nedir?

Homongolos'a hangi numarayı yazacağını bundan daha açık soramazdım, değil mi?

Aptal, ne cevap verdi bilir misin?

— Söyler miyim? Ben onu şimdi kâğıda yazacağım. Şansımı deneyeceğim.

O dakikada bütün ümidim kesilmişti. Kendi kendime, "Muharebeyi kaybettim. Arkadaşlarıma rezil olacağım!" dedim.

Kura, şakalar, kahkahalar arasında devam ediyor, çiftler birer birer masalarına dağılıyordu.

Geriye on, oniki kişi kalmıştı. Homongolos, cebinden sigara paketini çıkardı. Arkasına bir numara yazdı:

— Sayım kaç?

Allah'tan başka kimseden ümidim kalmamıştı. Yanımdaki "yedi" dedi, ben "sekiz" dedim.

Seri tamam olduktan sonra Homongolos rakamını gösterdi: Sekiz.

Hakikaten sevdiğim bir insanla bir araya düşsem bu kadar sevinmezdim Nermin!

Bahçe duvarının kenarındaki uzakça bir masaya doğru yürümeye başladık. Homongolos, kendi kendisiyle konuşuyormuş gibi:

— Zavallı Sâra Hanım, dedi, amma berbat şansınız varmış!..

Soframızın üstüne asılmış fenere yüzümü kaldırarak ona gülümsedim:

— Niçin böyle söylüyorsunuz Ziya Bey? Şansımın beni ne kadar sevindirdiğini halim size göstermiyor mu?

Homongolos, gözlerini yüzüme kaldırıp indirdi, hafif bir hüzünle:

— Nezaketinize çok teşekkür ederim Sâra Hanım, dedi.

Muharebenin en heyecanlı kısmı başlamıştı. Zafer, bu bir saatlik supe esnasında göstereceğim gayret ve maharete tâbi kalıyordu. Cazbant durmuştu. Müzik hafif, tatlı, mahzun parçalar çalıyordu.

Bu yorgunluk saatinde musikinin ona benden daha güzel şeyler ilham edeceğini düşünerek susuyordum.

Tahminimde aldanmamıştım. Homongolos'un ilk mağlubiyet alametleri yavaş yavaş görünmeye başlıyordu. Fakat beyhude... Bu ses, bu tavırlar hüzün ve heyecanlarını gizlemeye uğraşan zayıf insanların sesi ve tavırlarıydı.

Bizden sekiz on adım uzaktaki masadan hafif, boğuk hıçkırıklar geliyordu. Bu belki, bu zaaf ve rikkat saatinde, ilk itirafın ağlattığı bir genç kızdı. Kim bilir bu dakikada ne derin bir saadet duyuyordu. Ben, hiçbir zaman bu iptidai sadelikle kalbimi kimseye açmamıştım; verememiştim.

Bu hafif ağlayışı Homongolos da işitti. Başını eğdi. Yavaşça gülerek alaya başladı:

— Galiba güzel bir opera komik sahnesi...

Sporcu, cümlesini bitiremedi. Çünkü gözlerimde iki büyük yaş damlası görmüştü:

— Sâra Hanım... Siz de mi ağlıyorsunuz?

— Evet.

— Saklamıyorsunuz da...

— Sebep yok... Madem ki öyle hissediyorum. Riyakârlığa ne lüzum var?

— Sâra Hanım...

— Niçin devam etmiyorsunuz?

— Hiç... Yani ben sizin ağlamanıza sebep göremiyorum da.

— Kim bilir ona ne güzel şeyler söylüyorlar...

— Siz çocuksunuz Sâra Hanım...

Evet Nermin, gözümdeki iki damlayı daha başka yaşlar takip ediyordu. Ağlıyordum.

Hem bu gözyaşları yalan değildi. Belki yorgunluk, belki bir sinir buhranı, belki yerini ve sebebini tayin edemediğim bir elem, hatta, ihtimal, bu saadetinden ağlayan genç kıza karşı duyduğum büyük kıskançlık. Fakat ağlayışımın sebebi ne olursa olsun bu tam zamanında akan gözyaşları çok işime yaradı.

Homongolos, şimdi bambaşka bir adamdı.

Küçük bir kardeşinin çocukça bir elemine gülen, fakat bir hüzün ve rikkat de duymaktan kendini alamayan bir ağabey gibi beni teselli ediyordu.

— Sâra Hanım... Siz çocuksunuz... İsterseniz aynı şeyleri kim size söylemez... Sade bu gece talihiniz biraz aksi düştü... Kura sizi benim masama düşürdü... Pardon Sâra Hanım...

Küstah Homongolos, benden af ister gibi boynunu büküyordu. Kati zafer dakikası belki gelmişti. Onun son mukavemetini kıracak bir hücuma hazırlanıyordum. Fakat akla gelmez bir aksilik oldu. Arkamızdaki masada bir karıkoca kavgası çıkmıştı... Evvela hafif perdeden bir münakaşa ile başlayan bu dava, yavaş yavaş büyüyor, sesler derece derece yükseliyordu.

Homongolos, yerinden fırlayarak:

— Aman, rezalet çıkacak! dedi ve onların masasına doğru koştu.

Erkek, sporcunun pek yakından tanıdığı bir arkadaşıydı. Onun için bu aile davasına karışmasında pek mahzur yoktu. Zaten kavga da hiç yoktan çıkmıştı.

Zevç, sarhoşlukla münasebetsiz bir şey söylemiş...

— Hey gidi talih hey!.. Nereye gitsem seninle başbaşa mı kalacağız, a hanım?.. demiş.

Bu söz, kocasından daha az sarhoş olmayan zevcenin fena halde sinirlerine dokunmuş.

Zavallı kadın, vücudu baştan başa titremeler içinde, çarpınıp çırpınıyor, elbiselerini parçalayacak gibi hareketler yapıyor, bağırmamak için ıslık çalar gibi bir sesle:

— Git, istemiyorum! Madem ki sen beni istemiyorsun... Ben de seni istemiyorum. Şimdi haykıracağım!.. diyordu.

Büyük bir rezalet çıkmak üzereydi. Homongolos, buna hemen bir çare buldu:

— Hanımefendinin üstüne varma... Haklı arzularını yerine getirmek gayet kolay... Becâyiş ederiz... Sen, Sâra Hanım'la yemeğe devam edersin... Ben, hanımefendiye arkadaşlık etmek şerefini kazanmış olurum.

Zavallı kadın, neye uğradığını şaşırmıştı. Yan gözle bana bakıyor, kocasının benim masama geçmesine canı sıkılıyordu. Fakat inadından da dönemiyordu. Bana gelince; ben, ondan daha acınacak bir haldeydim. Düşmanımı en nazik yerinden yakalamıştım. Onu zelil ve mağlup bir halde yere sermek üzereydim. Hain Homongolos, bu sefer de elimden kurtuluyordu.

Nermin, bu dakikada beni bıçakla kesseler bir damla kanım çıkmazdı. Fakat nâçar, razı olmak, hem de güler yüzle razı olmak lazım geldi.

Yeni arkadaşımın eski bir ayyaş olduğu, yüzünden belliydi. Sarhoşluğuna rağmen kendini iyi idare ediyordu. Homongolos'tan kalan sandalyeye oturacağı zaman:

— Kahr yüzünden lütuf diye, işte buna derler hanımefendi... Cenab-ı Hakkın hikmetlerine akıl ermez, dedi.

Bu sözleriyle ve mânidar gülüşleriyle benimle yalnız kaldığına ne kadar memnun olduğunu göstermek istiyordu. Herhalde konuşulamayacak bir insan değildi. Fakat çok asabiydim. Evvela neşeli görünmek istedim, mümkün olmadı. Bu akla gelmez vakayı, bilhassa Homongolos'un muamelesini hazmedemiyordum.

— Bizimki benden aklınca intikam aldı, öyle mi? Hâlik-i Zülcelâl keşke her günahkâra böyle mücazat verse, diye latifelere başlayan bu zata karşı ciddi bir tavır aldım.

— Beyefendi, zevceniz hanımefendi fazla asabi... Ziya Bey'in bu icadı herhalde aradaki kırgınlığı izale edecek bir şey değil... Hatta, bilakis... Onun için supeyi mümkün olduğu kadar çabuk bitirelim.

Sesim o kadar vakur, tavırlarım o kadar katiydi ki zavallı sarhoş, itiraza cesaret edemedi. Sükût içinde yemeği bitirdik. Sonra ayağa kalktım:

— Zevcenizin hiddeti bir dereceye kadar geçmiş olacak... Müsaade ederseniz sizi barıştırmak zevk ve şerefi benim olsun.

Biçareyi, hocasına teslime götürülen bir mektep kaçağı gibi peşime taktım, zevcesinin yanına götürdüm.

Kadıncağız, belki eskisinden daha fazla asabiydi. Fakat kocasının benimle yalnız kalmasından fazla ürkmüştü. Bu korku, ona hiddetini unutturuyordu. Nazik ricalarıma mukavemet edemedi.

"Sırf benim hatırım için, sırf bu gecenin neşesini bozmamak için bu fedakârlığa razı olduğunu" söyleyerek kocasını kabul etti.

Onlar, yavaş yavaş münakaşa ederek uzaklaştılar. Biraz sonra yine bir fırtınanın patlak vereceği muhakkaktı. Fakat bizden uzakta ne isterlerse onu yapsınlar.

Homongolos ile yine yalnız kalıyorduk. Son vakanın artırdığı bir şiddet ve asabiyetle ona hücuma hazırlandım:

— Sizden bunu mu beklerdim Ziya Bey?

— Niçin efendim? Ne olmuş efendim?

— Beni bıraktınız, bana hakaret ettiniz!..

— Estağfurullah... Öyle icap etti de... Tehlikeyi görmediniz mi?

Ben, mahzun bir titizlikle:

— Bizim nemize lazımdı? dedim. Bize neydi? Bu gece ne kadar memnundum.

— Sâra Hanım, izâm ediyorsunuz... Benim ne kabahatim oldu ki?

— Bunu siz teklif ettiniz... Başkaları bile söylese razı olmayacaktınız... "Ben, Sâra'ya söz verdim. Onu bırakamam!" diyecektiniz... Halbuki beni, isteyerek bırakıp gittiniz.

Gözlerim tekrar dolmaya başlıyordu. Homongolos, başını önüne eğdi, acı bir tebessümle:

— Biliyorsunuz ki kibar meclislerden, bahusus kadınlı meclislerden daima uzak kalmış kaba saba bir kır adamıyım, dedi; benim kusuruma bakılır mı Sâra Hanım?..

Bu ses, bu tavır yeniden ümitlerimi canlandırdı Nermin. Evvelkinden daha mahzun bir eda ile boynumu büktüm:

— Bu sırf bir nezaket meselesi olmuş olsaydı çok kolay anlaşılırdı. Fakat gönlünüz öyle istedi, Sâra'dan uzaklaşmak istediniz... Ben, asıl bunun için mahzun oluyorum.

Homongolos, önüne bakarak sükût ediyordu. Ben, devam ettim:

— Artık çok iyi iki arkadaş olduk sanıyor, seviniyordum. Hatta bu, bana biraz da gurur veriyordu. Beni bütün arkadaşlarımdan ayırmıştınız. Hepsinden fazla ehemmiyet veriyordunuz... Daha doğrusu ben, öyle sanıyordum... Artık beni İstanbul'dan çağırıyorlar... İki üç güne kadar buraları bırakıp gitmem lazım... Paşa babamın emrinden çıkamam... Bu supe bir nevi veda olacaktı Ziya Bey...

— Gitmeniz bu kadar yakın mı Sâra Hanım?

— Üç dört gün sonra...

— Üç dört gün sonra mı? Demek bu kadar yakın?

Başını yanına çevirmiş, karanlığa bakarak düşünüyordu.

— Daima söyledim ya Ziya Bey... Ben, duygularımı saklamasını hiç bilmeyen bir kızım... Siz çok tabii ve kuvvetli bir insansınız... Etrafınızdakilere hiç benzemiyorsunuz... Supe başladığı zaman içimde müphem ümitler vardı. Belki bu güzel gece bize güzel bir fikir ilham edecek... Ziya Bey'le büsbütün ayrılmamak için bir çare bulacağız, diyordum.

— Sâra Hanım.

Bu "Sâra Hanım" boğuk bir feryat gibi ağzından çıkmıştı. Cevap vermedim. Daha zayıf bir sesle devam etti:

— Sâra Hanım...

Gözlerimde yaşlarla ona döndüm. Fakat o, şimdi başını önüne eğmişti:

— Müsaadenizi rica edecektim de. Çok yorgunum... Deminki kabalığım için tekrar pardon...

Elimi uzattım. Parmaklarımı tuttu. Dudaklarına götürmek ister gibi bir hareket yaptı. Sonra tekrar bıraktı. Bir şey söylemeden ağır ağır uzaklaşıp gitti.

Sevinçten çıldırmış gibiydim. Artık şüphem kalmamıştı.

Şimdi aklınca benden kaçan Homongolos'un bir iki gün sonra döneceği muhakkaktı. Mutlaka ayaklarıma kapanacaktı... İşte o zaman... Zafer, öyle şey ki, muharebe meydanlarında bu emel için birbirini boğazlayanlara adeta hak veriyorum Nermin...

Evet, "kadın düşmanı" artık mağluptu. Son dakikada elimi tutarken titreyen parmakları, can çekişen hastaların eli gibi soğuktu.

Sabah oluyordu. Misafirlerin kimi evlerine gitmiş, kimi köşkte, bahçede sandalyelerin üstünde uyuyakalmış yahut sızmıştı. Mamafih, bu başlayan taze sabahla beraber yeniden kuvvet bulan sekiz on çılgın genç, hâlâ bahçenin bir köşesinde dans ediyordu.

Yorgun odama çıkarken, bir balkonda Remzi Bey'i gördüm. Bahtiyar zevç, sevdanın ne demek olduğunu kendisine öğreten genç zevcesini, bu ilk gecesinde yalnız bırakmış, sabahın alacakaranlığında sigara içerek balkonda dolaşıyordu. İlâh, ilâh...

Sâra

XV

Sâra'dan Nermin'e

Kardeşim Nermin,

Sana feci bir havadisim var: Homongolos, dün feci bir kaza neticesinde vefat etti. Arkadaşları zavallıyı bu sabah kasabanın mezarlığına gömdüler.

Bu hayat ve sıhhatle dolu adam için ölüm, öyle uzak, öyle uzak görünüyordu ki, hâlâ bu faciaya içim inanmıyor.

Biraz evvel Handan'la beraber arabayı hazırlattık. Homongolos'un mezarına gittik. Henüz kurumamış toprağının üzerine üç beş çiçek bıraktık.

Bu adam, gerçi düşmanımızdı. Fakat ölümle öç alınmaz, değil mi? Ben, onun sadece gururunu kırmak istiyordum. Biçarenin önümdeki toprak yığınının altında aciz ve müdafaasız yattığını düşündükçe ona bile pişman oldum. Ne yapayım Nermin, ben zayıf kalpli bir kızım.

Handan, çok müteessirdi. Dikkatle yüzüme bakarak:

— Bu ölüme hâlâ içimden inanmak gelmiyor, dedi. Homongolos, o demir gibi kollarıyla toprakları silkip atacak, bizim teessürümüzle alay etmeye başlayacak sanıyorum.

Bir gece kendisini bostan kuyusuna atarak benimle eğlenmesini hatırladım. Bu vaka, o vakit beni hiddetten çıldırtmıştı. Fakat şimdi artık gözyaşlarımı zaptedemiyordum.

Ölüm, öyle bir şey ki, insanı en büyük düşmanlarıyla bile barıştırıyor.

Düğün gecesi benden ayrılacağı vakit söylediği son sözleri hatırladım. Ben de ona aynı şeyleri tekrar ettim:

— Müsaadeni rica edeceğim Homongolos... Sana bir küçük fenalık edecektim. Vakit kalmadı, mamafih bu fena niyetim için yine senden af diliyorum. Pardon Homongolos.

Kaza hakkında sana bir parça tafsilat vereyim Nermin...

Homongolos, düğün gecesinden sonra bir daha görünmemişti. Bir kere bir öğle vakti, motosikletiyle karşı yoldan geçiyordu. Eliyle uzaktan selam verdi. Fakat bize uğramadı.

Günler geçtikçe hayretim artıyordu. Arkadaşlarıma:

— Homongolos'ta bana karşı derin bir zaaf uyanmıştı. Sonra ona çok ümit verecek sözler söyledim... Mutlaka dönmesi lazımdı, diyordum.

Müttefiklerimin ümidi kırılmıştı.

— O, belli bir şeydi Sâra... Senin uğraşman beyhudeydi... Onun kaya gibi hissiz bir kalbi olduğunu evvelden söylememişler miydi?

Mamafih eski bir kurt olan İsmet Hanım, hâlâ ümidini kesmiyordu:

— Ben, Behire ile beraber, kampa gideceğim, diyordu. Onunla konuşacağım. Senin namına ısrarla davet edeceğim. Hatta onun tarafından bir izdivaç teklifi olursa senin reddetmeyeceğini anlatacak şeyler söyleyeceğim. Homongolos, mutlaka gelecek!..

İsmet Hanım, dediğini yaptı. Behire'yi yanına alıp bir bahane ile kampa gitti. Kendi anlatışına göre, vazifesini çok maharetle yapmış... Homongolos, ertesi sabah geleceğine dair söz vermiş... Fakat ertesi sabah...

Ah, Nermin; şu dünya bir bitip tükenmez aksilikler dünyasıdır... Civarda manevra yapmaya gelmiş bir piyade alayı var... Zabitler bir spor eğlencesi tertip etmişler!..

— Futbol oynanacak, nişan atılacak, at koşturulacak, daha bilmem neler yapılacakmış. Ayrıca bir de motosiklet yarışı düşünmüşler... Buna iki zabit ile iki sivil iştirak edecekmiş... Sabahleyin Homongolos da bu müsabakaya girmeye karar vermiş...

Öğleye doğru küçük bir pusulasını aldım: "Mesleğe ait bir iş çıktı. Maalesef yalancı çıkıyorum, gelemiyorum. Belki inşallah yarın" diyordu.

Homongolos, bir kere daha bizi aldatmıştı. Öyle hiddetlendim ki adeta hasta oldum. Birkaç saat sonra ölüm haberini alıyordum. Yolun bir dönemecinde motosikletini çevirememiş, bir uçuruma düşüp parçalanmış... Öyle feci bir ölüm ki, tafsilatını dinlemeye kendimde kuvvet bulamadım.

Ah, Homongolos, sen yine kalpsizliğine kurban gittin. Sabırsızlıkla yolunu bekleyen Sâra'ya şiirsiz bir spor müsabakasını tercih etmeseydin, böyle mi olacaktı? Belki biraz gururun incinecekti. Fakat bu sonbahar gününün güzel güneşi altında yaşamaya devam edecektin... İlâh, ilâh, ilâh...

Sâra

İKİNCİ KISIM

ÖLÜYE MEKTUPLAR

I

Homongolos'tan Necdet'e

Bu gece hava çok sıcak... Bir türlü uyuyamadım. Portatif karyolamı sırtladığım gibi çadırdan çıktım. Kampa üç beş dakikalık bir mesafede küçük bir tepe var. "Tepe" diyorum ama, yukarıdan, mesela tayyare ile seyredersen havuz sanırsın... Etrafı sık fundalıklarla çevrilmiş bir meydancık tasavvur et... Toprağı, sararmış cılız otlarla, kuru dikenler, küçük taşlarla dolu... Gündüz gözüyle bakılınca adeta bir mezbele... Tabiatta şu ay dede kadar gayyur ve faal bir tanzifat amelesi yoktur sanırım. Hangi lekeyi, hangi kiri, hangi çirkinliği temizlemeye kâdir değildir ki? Işıklarının süpürgesini bataklığa sürüp geçer, bakarsın kirli çamurlar gökyüzü gibi temizlenip derinleşir.

Çobanın değneğine aksettirir, onu altınla, gümüşle, mücevherle işlenmiş kral asasına çevirir. Köşe başında uyumuş yarı çıplak bir dilenci kızının kirli, dağınık saçlarına vurur, o başa zengin kiliselerdeki "Meryem Ana"lar gibi altın taçlar takar...

Hatta daha ileri giderek diyeceğim ki, ay dede, dünyanın sade maddi kirlerini, çirkinliklerini değil, yürekleri de bir dereceye kadar yıkayıp temizler.

Ay ışığı nice kinleri, düşmanlıkları, hırsları, fena emelleri eritmiş, nice düşkün ve çürümüş ruhları, velev ki muvakkat bir zaman için, güzel duygularla süslemiştir.

Her neyse, bu safsataları bırakıp asıl bahse dönelim. O gece ay, tâ meydanlığın üstüne gelip durmuştu. Fundalıkların karanlık çemberi arasındaki toprağa ışıklarının çeşmesini açmıştı. Aydınlığın kuru otlar üstünde bir su gibi aktığı, çalkalanıp dalgalandığı görülüyordu.

Meydanın ortasına karyolamı koydum, arkaüstü uzanıp yattım...

Gökyüzünde bu gece sessiz bir şenlik vardı. Mütemadiyen dört bir tarafa havai fişekleri gibi kandil kandil yıldızlar dağılıp gidiyordu.

Böyle, ellerim ensemde kilitlenmiş, gözlerim havada, ne kadar yattığımı bilmiyorum. Gözlerimin önünde bir sinemadır başladı... Bu sinemanın sahneleri, manzaraları, çehreleri, vakaları karmakarışıktı... Film, birçok yerlerinden kopup yamanmıştı... Vakadan vakaya, manzaradan manzaraya atlıyor, kâh parlak, kâh karanlık akıp gidiyordu. Bu sinemanın başlıca kahramanları iki kişiydi: Biri ben, biri de sen. Benim melun ve gülünç çehremle senin güzel yüzün Necdet.

Nihayet film bitti. Gene sıcak... Uyku bir türlü gelmiyor... Mutlaka bir iş bulmak lazım... Çok düşündüm. Sana mektup yazmaktan daha iyisini keşfedemedim. Buna zaten lüzum da vardı.

Uzun uzun hesap ettim. Tam yedi sene, altı ay, yirmibir gün var ki birbirimizden haber alamamıştık.

Nasılsın Necdet? Bu nasılsın sualimi sırf mektuplarda âdet olduğu için sordum. Yoksa, hiçbir eksiğin, hiçbir gam ve kasavetin olmadığını biliyorum. Seni en güzel bir rüya ile mezarına kapadım. O rüya, bütün ebediyet için sana kifayet eder, bahtiyar çapkın.

Maahaza, az kalsın birtakım budalalar seni bu saadetten mahrum ediyorlardı. Bereket versin ki, vefakâr arkadaşın, Homongolos'un yanındaydı. Her ne pahasına olursa olsun, öleceğin gün nişanlının seni görmesine mâni olduğum için birçok budalalar bana lanet ediyorlar, "zalim, kalpsiz!" diyorlar.

Hatta, sen bile o vakit öyle sandın. Ölürken ellerimi öpüyor, "Remide'yi bir kere bana göster!" diye inliyordun.

Öldükten sonra bile için için ağlamakta devam ediyor gibiydin. Bu gözleri son defa öptüğüm zaman dudaklarım yaşlarla ıslandı. Onların acı lezzetini hâlâ ağzımda hissediyorum.

Evet, seninle dargın ayrıldık. Din kitapları, insanın ölümden sonra her hakikati öğrendiğini söylüyorlar. Eğer doğru ise, sen de Homongolos'un niçin öyle yaptığını, Remide'yi sana son bir defa göstermemekte niçin inat ettiğini anlamışsındır. Eğer değilse, hakikati ben sana söyleyeyim:

Sen, kız çocukları gibi nazlı, çekingen, korkak bir gençtin Necdet. Fakat seviyordun. Sevda, insanı her şekle soktuğu gibi, kahraman da yapar.

Mektepte olduğu gibi orduda da seninle bir araya düşmüştük. Ben mekkâre neferiydim. Sen, tabur kaleminde kâtiptin. İkimiz için de ölüm tehlikesi yoktu. Fakat dediğim gibi, sen seviyordun. İçin içine sığmıyordu, mutlaka fevkalade bir şeyler yapmak ihtiyacıyla yanıyordun.

Bir gün bana:

— Ben kalemi bırakıyorum Homongolos, dedin, öteki arkadaşlarla beraber ateşe atılmak, çarpışmak istiyorum.

Hayretle yüzüne baktım. “Sen mi çocuğum? Sen ki mektepte fırtınalı havalarda şimşek çakarken yorganını yüzüne kapayarak yatağında titrerdin... Korkacak ne var? Ben yanındayım, diye seni teselli ederdim” demek istiyordum. Fakat demedim. Sen, hayretimin sebebini anladın...

— Sen bunu anlayamayacaksın Homongolos, dedin. Remide’yi seviyorum... Onun nişanlısı mutlaka fevkalade bir şeyler yapmalı...

Her zamanki gibi alay ettim:

— Anlamam tabii, dedim, Remide, senin nişanlın. Nasıl olsa bir gün zevcen olacak... Ona sahip olmak için fevkalade bir şeyler yapmaya, hayatını tehlikeye atmaya ne lüzum var?

Sen, hırçın bir tavırla tekrar ettin:

— Nafile Homongolos... Anlatmak mümkün değil.

Bön bön yüzüne baktım, lakaydane omuzlarımı silktim:

— Doğru çocuğum... Benim böyle şeyleri anlamama imkân yok!.. Bildiğini yap, dedim.

"Anlamam" diyordum Necdet. Fakat yüreğini yakan ateşi öyle anlıyordum ki.. Seni bu arzudan vazgeçirmek için hiçbir şey yapmadım. Çok mesuttun. Seviyordun, seviliyordun. Saadetin bu mertebesine çıkan bir insanın dünyadan istenilecek nesi kalabilirdi? Binaenaleyh, ölsen de artık gam yemezdin.

Fakat ateş hatlarında seni ölümden çok daha feci bir akıbet bekliyordu. Yanında patlayan bir gülle yüzünü berbat etti. O güzel çehreye, Homongolos'tan daha çirkin ve korkunç bir maske taktı. Yaşasaydın bedbaht olacaktın. Herkes senden yüz çevirecekti. Seni görenlerin kimi gülecek, kimi iğrenecekti. Belki hakikaten acıyanlar da olacaktı. Fakat bu merhamet, sana istihzadan, hakaretten daha acı gelecekti.

Hâsılı, insanlar arasında bir canlı harabe şeklinde felaketinin sürmediğine çok teşekkür et.

O ne feci gündü Yarabbi!.. Seni bir yığın budalaya, Remide'ye ve hatta kendi kendine karşı müdafaa etmek için neler çektiğimi bilmezsin. Remide, kapının önünde çırpınıyor, "Onu bir kere daha göreyim!" diye kendini yerden yere çarpıyordu. Sen, içeride ellerimi öpüp ağlayarak can çekişiyordun.

Bir insanlık vazifesi yaptığını zanneden o budala alayı, "alçak, zalim, kalpsiz!" diye üstüme yürüyor, beni yumruklarıyla tehdit ediyordu.

Fakat ben, bir kaya hissizliğiyle bunlara karşı durdum.

Remide seni, korkunç, çirkin ve yara haline gelen yanık çehreni görmemeliydi. Ağır yaralı olman seni onun hayalinde bir kat daha güzelleştirmişti. Kim bilir seni ölüm döşeğinde eskisinden daha ne kadar fazla güzel görüyordu. Bu genç kızın, bu hayali müebbeden muhafaza etmesi lazımdı.

Son defa birbirinizi görmenize müsaade ettiğim halde geçecek sahneyi gözümle görmüş gibi biliyordum. Yüzünün korkunç yarasını gördüğü zaman korku ile, hatta belki de istikrah ve nefretle feryat edecek, ellerini yüzüne kapayacaktı. Bir genç kızın pürhayal gözleri, çirkin bir maskenin altında saklı güzel bir ruhu görmeye muktedir midir sanıyorsun? Sen, çirkinliğin ne olduğunu anlamadan yaşadın, anlamadan öldün. Homongolos, bu derdin ezeli aşinasıdır. Kimse hakikati onun kadar acı tecrübelerle görüp anlamamıştır.

Evet, Remide seni gördüğü zaman korkusundan feryat edecek, ellerini yüzüne kapayacaktı. Sen, belki bu hareketi görecek, tesellisiz ölecektin.

Sevdanız, bir anda bir eski hatıra haline gelecekti. Bu genç kız, ihtimal, bu hatıraya hürmet ve merhamet edecek kadar ruh kuvvetine sahiptir. Belki son veda busesini esirgememiş olmak için yüzünde yanmamış, yaralanmamış bir yer arayacaktı. Gözlerini kapayarak, kendini zorlayarak belki seni son bir defa öpecekti. Fakat, bu busenin soğukluğunu ömrünün sonuna kadar dudaklarında hissedecekti.

Ben, son nefesinde seni nişanlından ayırmakla, işte bu felakete mâni oldum. Aradan bu kadar sene, bu kadar ay, bu kadar gün geçti. Remide'yi o zamandan beri görmedim. Bugün belki kocasıyla çocuklarının arasında yaşayan, halinden memnun bir zevcedir. Fakat eminim ki o, seni hâlâ seviyor.

Remide, bugün o her saat beraber yaşadığı erkekten ziyade senin zevcendir.

Bu saadeti bana, fedakâr Homongolos'a borçlusun Necdet.

Evet, severken, sevilirken ölen insanın ebede kadar kifayet edecek rüyası içinde mesut ve rahat uyuyabilirsin...

....

Her neyse, asıl bahse dönelim... Evet, bu gece yıldızların altında sırtüstü uzanarak gözü açık bir rüya gördüm. Arkadaşlığımızın eski tarihi, eski bir sinema filminin kopuk parçaları halinde gözümün önünden geçti. Onlardan sana da biraz bahsedeyim:

Bir tatil sonu... Mektebin ilk açıldığı gün... Dersler henüz başlamış...

İmtihanlar, kayıt muameleleri filan oluyor, ders cetvelleri yapılıyor... Bahçede yeni boyanmış sıralar kuruyor...

Dehşetli bir can sıkıntısı içinde kendi kendime dolaşıyorum... Mektep, daha çok tenha...

Arkadaşlardan daha hiçbiri gelmemiş... Tatili mektepte geçiren yirmi otuz bekâr talebeden başka kimse yok...

Evcilerden bir ben varım... Muallimlerden biri:

"Aferin Ziya... Sen, mektebi bütün arkadaşlarından fazla seviyormuşsun... Bak, daha dersler başlamadan geldin!" diyor.

Sermubassır, gülerek öteden söze karışıyor:

— Geldi değil, getirdiler beyim... Hapse getirir, sürgüne getirir gibi tahtelhıfz getirdiler. Bence onun vaktinden evvel gelmesi pek iyi bir mana ifade etmez.

— Yok, mubassır efendi... Böyle şüpheli sözlerle beni muallim beylerin gözünden düşürmeyiniz... Artık ıslah-ı hal ettim.

Mubassır, yine şüphe ile gülerek:

— İnşallah Ziya, inşallah... Ben de öyle ümit ederim... Artık büyüdün. Belki bu sene bizi daha memnun edersin...

Nazik ve hatırnevaz bir tebessümle birbirimizi selamlayarak ayrılıyoruz. Heyhat, bunlar bizim son tebessümlerimizdir. Sene sonuna kadar bir ikinci defa böyle birbirimize tatlı tatlı gülümsememiz mukadder değildir.

Belki yarın, belki hatta bu akşam vukuatım başlayacak; mektebin, jandarma kumandanı, polis müdürü hükmünde olan sermubassır efendi de bana karşı cephe alacak, icraata başlayacaktır.

Bu zavallı memur ile aramda geçecek mücadeleyi şimdiden görür gibi oluyorum.

Kim bilir kaç defa sopalarla üstüme hücum edecek, kaç defa zavallının kafasını kartopu, sapan taşı ile yaracağım. Kaç defa karanlık koridorlarda ayağına çelme takıp yere yuvarlayacağım. Halbuki biçare adam, bu sene biraz daha yorulmuş ve ihtiyarlamış, hemen Allah muini olsun...

Sermubassırın muallime söylediği doğruydu. Yalnız evim, ailem değil, mahallem de benden bizardı. Evdekiler, tatil sonunu iple çekerlerdi. Mekteplerin açılması onlar için bir halas bayramıydı. İlk günden beni zorla bir arabaya atarak mektebe getirirler, sekiz dokuz ay başlarını dinlerlerdi.

Daha ilk haftada aldığım izinsizlerin yekûnu bir sene beni mektepte hapsetmeye kâfi geldiği için ailemin cuma tatillerinden de korkusu yoktu.

Gerçi, ara sıra kapıdan, pencereden kaçardım ama, eve uğramazdım. Çünkü, hemen yakalayıp mektebe getirecekleri muhakkaktı. Elimdeki beş on kuruş bitinceye kadar sokaklarda dolaşır, sonra kendi ayağımla mektebe dönerdim.

O gün, ellerim, henüz yırtılmamış yeni elbisemin ceplerinde, bir filozof vakarıyla mektebi dolaşıyor, tetkikat yapıyorum.

Mektepten kaçmak için bu sene kapı diplerinde nöbet beklemeye hacet yoktu. Bahçe duvarının şurasına bitişik olan evi yıkmışlardı. Binaenaleyh istediğim zaman şu noktaya bir sırık dayayıp tırmanmak suretiyle bir dakikada sokağa kaçabilirdim. Bu sene yatakhanemizin yeri de mükemmeldi. Pencerelerden birinin önünde bir ağaç vardı. Demek ki, mehtaplı gecelerde bahçede temaşa-yı tabiat etmek ihtiyacını duyarsam bu ağaçtan inebilecektim; hem bu, merdivenden inmekten daha kolay bir şey olamazdı.

Bodrum katında loş bir pencerenin önünde de uzun bir müddet durup düşündüm:

Burası benim için bir hatırat yatağıydı. Mektepte benim gibi birkaç haşarı daha vardı ki, büyük bir kabahat yaptığımız zaman müdür, bizi bu odaya kapatırdı. Burada ne günler, hatta ne geceler geçirmiştim. Yanımda arkadaş olduğu zaman ehemmiyeti yoktu. Ya güreşir, ya dövüşürdük. Yahut da yere tebeşirle dokuz taş veya dama tahtası çizerek oyun oynar, hâsılı hoşça vakit geçirirdik.

Bu senenin birçok gününü burada geçirmem mukadder olduğu için pencereden içerisini dikkatle seyrettim.

Şu mektep idaresi hakikaten çok münasebetsiz...

Sınıfları, yatakhaneleri baştan başa badana ettikleri halde buraya bir fırça sürüvermek kimsenin aklına gelmemiş... Duvara geçen sene yazdığım yazılar, yaptığım resimler, karikatürler yerinde duruyor... Bu odanın en sebatkâr misafiri ben olduğum için bunu şahsıma karşı bir mülahazasızlık, bir saygısızlık addettim... Öyle ya, bu çocuk, temiz bir oda istemez mi? Tekrar resim yapmak istediği zaman etrafında beyaz badanalı, temiz bir duvar aramaz mı? Müdüriyeti yahut idare memurlarını protesto etsem beyhude!

"Varâk-ı mihr ü vefâyı kim okur, kim dinler!"

Binaenaleyh buna bizzat bir çare bulmak lazım... Etrafıma baktım... Bahçede, maalesef toprakla yarım kova sudan başka bir şey yok... Fakat zekâ ve teşebbüs sahibi bir çocuk için bu da kâfi değil mi?

Kovanın içine birkaç fes dolusu toprak atarak mükemmel bir çamur vücuda getirdim.

Sonra, hademelerden birinin bahçeye astığı yıkanmış bir gömleğin kollarını bağladım ve içini sulu çamurla doldurdum. Bahçede benden başka kimse yoktu. Bu çamur tulumunu hapishane odasının açık penceresi üstünden çevire çevire sallamaya başladım.

Yakadan, kollardan fışkıran çamurlar duvarların üstünde öyle nefis hendese resimleri, mahrutlar, daireler, kavisler, mustâtiller çiziyordu ki...

Birkaç dakika içinde duvarlar bu acayip nakışlarla süslenmişti. Mamafih, bu ameliyat göründüğü kadar basit değildi. Benim elbiseler de baştan başa çamur içinde kalmıştı.

İşimi bitirdikten sonra gayur bir sanatkâr gibi eserimi seyrettim:

— Müdür beyefendi, diyordum, belki bu manzaraya gördüğün zaman kızacaksın... Eline geçirirsen belki bana ceza vereceksin... Fakat ben, senin yerinde olsam odanın kilitli kapısını açmadan, içeri girmeden duvarları, tavanı böyle nadide nakışlarla süslemeye muvaffak olan bu sanatkârın eserine hayretle bakar, onu tahsin ederim. Mamafih, herhalde artık bu odayı da bir badana şerefinden mahrum etmezsin... Zannederim ki o biçarenin de öteki odalardan geri kalmaması için kâfi esbab-ı mucibe ihzâr edildi!..

. . . .

Seni ilk defa o gün gördüm Necdet!

Bahçenin bir köşesinde, cılız bir ağacın gölgesinde genç bir yüzbaşı ile oturuyordun. Aradan iki üç saat zaman geçti. Mektebin içinde döndüm, dolaştım, sıvacılara yardım ettim, hatta bir aralık sokağa kaçtım, bir tramvaya atladım. Biletçi ile aramda maraza çıktı. Çenesine dehşetli bir yumruk salladıktan sonra tekrar mektebe girdim. Siz, hâlâ aynı yerde, aynı vaziyette oturuyordunuz. Galiba konuşmuyordunuz da. Sen, beş yaşında bir çocuk gibi ona sokuluyor, kollarını boynuna doluyordun. Nihayet, akşam oldu, genç askerin de güneşi takiben bahçeden çekilmesi lazım geldi.

Kapının yanında birbirinizin boynuna sarıldınız. Öyle bir veda sahnesi ki tasvir edilemez.

Uzaktan size bakarken fena halde içerliyor, kendi kendime söyleniyordum:

— İşte mızmız bir İstanbul çocuğu!.. Kül kedileri gibi anasının dizi dibinde büyümüş şımarık ve maskara. Mektebe leyli yazdırmışlar... Bir hafta evinden uzak kalacak. Sanırsın Fizan'a sürgüne yollamışlar. Haydi diyelim ki o, bir çocuk... Ya o yüzbaşıya ne oluyordu? Az daha üniformasıyla, kılıcıyla çocuk gibi ağlayacaktı.

Onların veda sahnesi bir türlü bitmiyordu. Ben de uzaktan acı bir gülümseme ile monoloğuma devam ediyordum:

— Ey küçük bey... Birkaç dakika sonra zabit gidiyor... Mektepte yalnız kalıyorsun... Bakalım artık şımarıklık para edecek mi?

Sana inşallah bugünden itibaren güzel bir ders vereyim... Biraz sıkıntı çekeceksin, ama hocaların derslerinden herhalde daha ziyade faydasını göreceksin... Sana ben Hanya'yı Konya'yı bir anlatayım...

Şikârı üstüne atılmaya hazırlanan bir canavar gibi, karşıdan acı acı sırıtıyor, başkalarından gördüğüm fenalığın acısını senden çıkarmaya hazırlanıyordum.

Zabitten ayrıldıktan sonra sen, deli gibi bahçe duvarına koştun. Demir parmaklığa tırmanmaya başladın. Yanına gelip durdum. Farkında olmadın.

Seni ayağından tutup çekmek istedim. Fakat daha elimi sürer sürmez kendini bıraktın, yere yuvarlandın.

Birkaç saniye kalkmanı bekledim. Sen, hareketsiz yatıyordun. Hiç sesin çıkmıyordu. Ayağımın ucuyla seni dürttüm:

— Kalk be miskin!.. Burada senin nazını çekecek kimse yok, dedim.

Yine cevap vermedin. O vakit, eğildim; seni omuzlarından tutarak yana çevirdim. Yüzün tozlara bulanmıştı. Sağ kaşının üstünden kan akıyordu. Bayılmıştın. Etrafıma baktım, kimseler yoktu. Galiba yemeğe gitmişlerdi. Nahif vücudunu bir torba gibi sırtıma vurdum. Seni çeşme başına götürdüm. Başını bir iki kere yalağın içine daldırıp çıkardım. Sen, titreye titreye açıldın:

— İki karış yerden düştün diye ayılıp bayılmaya utanmıyor musun, be miskin dedim.

Sen, cevap vermedin. Saçların, çehren su içinde, derin derin yüzüme bakıyor, ağlıyordun.

Ben, ağlayana acımazdım Necdet. Başkalarının gözyaşları bana vaktiyle kendi gözlerimden dökülen yaşları hatırlatır, içimde adeta bir zulüm ve itisaf meyli uyandırırdı. Fakat bilmem neden, o dakikada sana acır gibi oldum. Azarlar gibi bir sesle:

— Çıkar mendilini... Sil şu suratını bakayım! dedim. Burası babanın evi değil, mektep... Senin nazını kim çeker?

Sen, korkup susmuştun. Ağlamamak için titreyen dudaklarını sıkıyor, fakat kendini zaptedemiyordun.

Alnındaki hafif çizgi, ince ince kanamakta devam ediyordu.

Cebimde o sabah mektebe gelirken evden aşırdığım bir sigara paketi vardı. İki sigara çıkardım. Birini yaktım, ötekini yırttım. İçinden çıkan tütünü yaranın üstüne bastırdım.

Tütün, yaralara karşı en mücerrep bir ilacımdı. Düşmediğim, dövüşmediğim gün olmadığı için, bu ilacı hiç üstümden eksik etmezdim.

İnsan gibi konuşmaya alışık olmadığımdan sert bir sesle homurdandım:

— Sen, hiç utanmıyor musun be? İnsan, biraz canı yanmakla bayılıp ağlar mı?

Sen, cevap vermiyor, için için ağlamaya devam ediyordun.

— Yoksa eşek cennetine tıktılar diye mi üzülüyorsun? Adamı kırk yıl evde oturtmazlar ya!..

— ! ! !

— O zabit senin neyindi?

— Ağabeyim, kardeşim...

"Kardeşim" derken tekrar hıçkırmaya başladın.

— Sen amma mızmız şeymişsin ha!.. İnsan, bir iki gün kardeşinden ayrılırsa gebermez ya... Yıka bakayım şu yüzünü bir daha... Ben, öyle terbiyesizlik istemem!..

— Ben, ağabeyimi bir daha görmeyeceğim. Muharebeye gidiyor...

— Ziyanı yok... Belki yine geri gelir...

— Gelmeyecek... Babam gibi o da ölecek...

— Senin baban yok mu?

— Yunan muharebesinde şehit oldu... Zaten benim bu kardeşimden başka kimsem yoktur... Şimdi o, da gitti. Onu bir kere daha göreyim diye parmaklığa çıkıyordum.

— Demek, senin kimsen yok ha?

Bahçeye akşam karanlığı iyiden iyiye çökmüştü. Sen, nahif ve hassas bir çocuktun. Bu saatte, terk edildiğin bu kuru mektep bahçesinde, kimsesizliğin acısını daha kuvvetle hissediyor, ağlamaktan şişmiş zavallı gözlerinle yalvararak benden teselli bekliyordun.

Fakat ne yazık ki tesadüf karşına mektebin en fena, en kalpsiz bir çocuğunu çıkarmıştı.

Sen kimsesizim diye boynunu bükerken ben, acı bir kahkaha ile güldüm:

— Aptal!.. Ne üzülüyorsun? Keşke ben de senin gibi olsam, dedim. Demek ki dünyada mektepten başka karışacak kimsen yok... Ben, kabahat ettiğim zaman evvela mektepte ceza görürüm. Sonra da evde dayak yerim... Keşke benim de kimsem olmasaydı... Hem sen yemek vaktini geçirme... Şu kapıdan gir... Yürü, yürü... Orada birçok kapı görürsün... Hangisinden çatal, bıçak gürültüsü, yemek kokusu işitirsen içeri dalar, karnını doyurursun... Burası ev değil... Yemek vaktini kaçırdın mı perhize yatarsın ha... Ben, bu gece mutlaka yemek yiyeceğim... Aşçıbaşı etin en yağlı parçası ile pilavın kızarmış tarafını kendine ayırdı, kocaman tencerenin altına sakladı. Şimdi ben, bir yolunu bulup onu çalacağım, bahçede kendime yılbaşı ziyafeti vereceğim... Sana da buyur derim, ama bu gibi vakalarda yakayı ele verirsen yemekten sonra dayak yemek de vardır. Herhalde ziyafetin bu ikinci kısmına ilk geceden başlamak senin için doğru olmaz. Haydi bakalım şimdi, arş!..

Sen, cevap vermeye değil, artık yüzüme bakmaya cesaret edemeyerek içeri girdin.

Biraz evvel sana, "Keşke benim de kimsem olmasa" dediğim zaman çok samimiydim Necdet...

Benim babam gerçi sağdı, birçok kardeşlerim vardı. Fakat onlar baba, kardeş sevgisinin ne olduğunu bana anlatmamışlardı. Annem, [ben] çok küçükken ölmüş... Ona bazen acıyacak gibi olurum. Sonra, kendi kendime derim ki: "Sağ olsaydı belki o da ötekiler gibi yapacaktı... Yüzünü hiç bilmediğim bu anne için duyduğum bu hafif hasret ve muhabbetten de belki mahrum olacaktım, binaenaleyh vaktiyle öldüğüne belki isabet etmiş..."

Herkes gibi, sen de o gece beni hissiz bir çocuk diye belledin. İtiraf ederim ki, uzun müddet kendim de öyle zannediyordum. Hakikati çok geç anladım. Ben, hissiz bir çocuk değilmişim Necdet...

Vücudumun çirkin kabuğu altında sevgi ile, rikkat ile dolup taşan zengin bir kalbim varmış... Ne çare ki, kimse beni sevmemiş, kalbimdeki o taşkın memba, kendi kendine kurumuş. Sevgilerim kine, nefrete, bedbahtlığa kalb olmuş.

Herhalde o gece seni lazım geldiği kadar teselli edemeyişim kendi kabahatim değildi...

. . . .

Seninle asıl dostluğumuz bundan onbeş yirmi gün sonra başlar Necdet!..

Bir akşam, teneffüsündeydik. Hafif hafif yağmur yağıyordu.

Mektebin odunluğunda kendi kendime sigara içiyordum. Odunluk, benim sigara salonumdu. Arka tarafındaki tahtalardan birinin çivilerini gayet mahirane bir tarzda sökmüş, bir nevi gizli kapı vücuda getirmiştim. İstediğim zaman kimseye görünmeden bu tahtayı aralar, babamın evi gibi girip çıkardım. Uzaktan vahşi çocuk yaygaraları, yırtıcı kahkahalar geliyordu. Bu sesleri gayet iyi tanırdım. Rahatımı bozmaya lüzum görmeyerek sigaramı çektim, bir filozof ağırlığıyla:

— Yine kabak çiçeklerinden birini terbiye ediyorlar... Tam mevsimidir, dedim.

"Kabak çiçekleri", mektebin yeni talebeleriydi. Eskiler yeni çocukları çekemezler, sokak köpekleri mahalleye yeni gelmiş bir köpeğe nasıl hücum ederlerse onlar da bu yeni talebeye öyle yaparlardı. Zavallılar ne yapsalar suç olurdu.

Bazen ehemmiyetsiz bir şey, mesela bir şaka yahut bir gülüş için, bazen de hatta hiç sebepsiz zavallı "yeni"nin etrafını alırlar, türlü akla gelmez zulümler icat ederlerdi.

— Vay kabak çiçeği... Sen, daha dün gelir, bugün açılırsın ha... Gel bakalım senin ağzının tadını bir verelim!..

Bu, bir ananeydi. Hatta bir nevi iptidai adaletti. Bu sene "yeni" sıfatıyla işkenceye uğrayan talebe, ertesi sene "eskiler" arasına geçer, eski çektiklerinin acısını onlardan ziyadesiyle çıkarırdı. Hâsılı, bu ananeye mektep idaresi bile ses çıkarmaz olmuştu. Dünyada çocuklardan zalim mahluk yoktur.

Mübarek insanlıktaki bütün hodgâmlık, bütün yırtıcılık sevk-i tabiileri çocukta tam bir çıplaklık ile kendini gösterir, akıl, terbiye, cemiyet nizamları ona henüz bu sevk-i tabiileri maskelemek, onları boş yere ziyan etmeyip bir menfaat ve maksat için kullanmak yollarını öğretmemiştir. Ne anlatıyordum?.. Evet, uzaktan gelen vahşi yaygaraları oturduğum yerden dinliyordum. Bir aralık sesler tâ odunluğun yanına yaklaştı. Bir budak deliğinden baktım. Nahif bir çocuk, ağlaya ağlaya koşuyor, ötekiler acele etmeye lüzum görmeyerek güle bağıra peşi sıra geliyorlardı. Odunluğun arkası bir nevi çıkmaz sokak olduğu için şikârları kendi ayağıyla kapana girmiş oluyordu. Fakat yol açık da olsa zavallı çocuğun koşmaya devam edecek hali yoktu. Birdenbire dizlerinin üstüne düştü, yere yuvarlandı.

Bu çocuk, sendin Necdet. Mektebe gireli bir aya yakın bir zaman olduğu halde bir türlü alışamıyor, kimseyle arkadaş olamıyor, "kabak çiçeği" vaziyetinden kendini kurtaramıyordun. Nahif, hassas, çekingen bir çocuktun. Bunlardan başka, mahzun ve yalnızdın. Bu yaradılışta, bu vaziyette bir kimsenin insan cemiyetleri içinde hali haraptır...

Sürü, içinden ayrılmak temayülünü gösterenlere karşı çok zalimdir. Bahusus, sen kimsesiz ve himayesizdin. Sonra, sana fenalık edenleri galiba şikâyet etmiyordun. Binaenaleyh, en miskin ve korkaklar bile çekinmeden sana el uzatabilirlerdi. Nitekim bugün de peşine takılanlar mektebin en zelil, en uyuz çocuklarıydı. Sınıfta, talimli maymunlar gibi hocalarının, mubassırlarının gözleri içine bakan, bahçede kuvvetli ve şerir arkadaşlarının yumruğu altında köpek gibi yerlerde sürünen bu riyakâr, düşkün, haysiyetsiz, korkak çocuklar senin gibiler karşısında kahraman kesilirler. Ne de olsa onlar da insandır. Zulüm ve tahakküm zevkini tatmaya onların da ihtiyacı vardır.

Seni hafif hafif yağan yağmur altında çamurlara yuvarlıyorlar, tekmelerle dövüyorlardı. Bir tanesi, elinde süprüntü tenekesinden çıkarılmış bir karpuz kabuğuyla geldi... Çocuklar onu sana zorla yedirmek istiyorlar, "Hayvan değil misin? Yiyeceksin!" diye bağrışıyorlardı. Sende artık ağlamaktan takat kalmamıştı. Onlar seni kollarından, karışmış saçlarından yakalıyorlar, kilitlenmiş çeneni zorla açarak pis avuçları içinde cıvık cıvık olan kabuk parçalarını ağzına sokuyorlar, yüzüne sürüyorlardı.

Evvelce de söyledim ya. Başkalarının ıstırap çektiğini görmek benim için bir nevi teselliydi. Mağluplara yardım etmek âdetim değildi. Fakat bu sefer mesleğimi değiştirdim. Gizli kapımı göstermek tehlikesinden korkmayarak dışarı çıktım. Sakin bir tebessümle emrettim:

— Bırakın çocuğu!..

Derhal gürültü kesildi. Çocuklar seni bıraktılar.

Karpuz kabuğunu getiren çocuğa:

— Al kabuğu bakayım yerden! dedim.

Hemen eğildi, aldı.

— Ye onun bir parçasını bakayım!

Bir an tereddüt etmeden kabuğu ağzına sokup çiğnemeye başladı.

— Nasıl, tatlı mı?

— Tatlı...

— Haydi öyleyse, hepiniz defolup gidin!..

Çocuklar, yine bir an içinde çil yavrusu gibi dağıldılar.

Sen, benim sözlerimin bir büyük gibi tesir etmesine şaşırmıştın... Hayret, sana adeta teessürünü bile unutturuyordu. Seni yerden kaldırarak üstünü silktim, "Ağlama... Ziyanı yok" dedim.

Mektepte hemen ilk defa bir arkadaşa karşı bu kadar büyük bir lütufkârlık gösteriyordum.

Konuşmaya başladık.

— Neden sana bu kadar çatıyorlar?

— Anlamıyorum ki... Kimseye fenalık yapmıyorum.

— Daha ne anlayacaksın? Pekâlâ anlamışsın...

— !!!

— Kimseye fenalık etmediğin için sana çatıyorlar... Daha evvel davranıp onlara köteği ataydın böyle olmazdı...

— Ben kuvvetli değilim ki...

— Kuvvet o kadar ehemmiyetli değildir... İnsanın gözü pek olmalı...

Biraz düşündükten sonra:

— Seni arkadaşların ne kadar çok seviyorlar, dedin.

Gülümseyerek:

— Eksik olmasınlar, severler, dedim.

— Demek, sen çok iyi bir çocuksun. Senin bir sözün üzerine beni bıraktılar... Hatırını kırmadılar.

Bu sefer, kahkahalarımı zaptedemedim:

— Tabii... Çünkü benim hatırımla beraber kendi kafalarının da kırılacağını öyle iyi bilirler ki...

Sana beyhude yere övünmüyordum Necdet. Değil o günkü miskinler, mektebin en acar ve edepsizleri bile benden çekinirlerdi. Çok kuvvetliydim. Bundan daha ehemmiyetli olarak çılgın bir cüretim vardı. Gözümü daldan, budaktan sakınmazdım.

Muhaveremize devam ettik:

— Senin adın ne?

— Necdet.

— Benimkini biliyor musun?

— ....

— "Kayabalığı" diyorlar, değil mi? O, benim mektepteki ismimdir. Asıl ismim galiba Ziya'dır. Mamafih, sen yine beni Kayabalığı diye çağırırsın... Sen, biraz nanemollasın. Şimdilik kendi kendini müdafaa edecek halde değilsin. Sana sataşan olursa baha haber ver.

Sana himaye vaat ettiğim bu dakika hayatımın en mühim bir dönüm noktasıydı. Dünyada ilk defa benim de bir sevdiğim insan oluyordu. Merhamet, muhabbet, arkadaşlık denen güzel şeylerin zevkini ilk defa duyuyordum. Ruh yalnızlığı denilen korkunç hastalıktan sen beni kurtarıyordun.

Bende birdenbire olan bu büyük ruh inkılâbının sebebi neydi? Niçin o akşam seni arkadaşlarına karşı müdafaaya lüzum görmüştüm? Bu gece yıldızların altında yatarken havada seyrettiğim sinema filminde onu da tekrar seyrettim... Bu hikâyeyi sen hâlâ bilmiyorsun... Anlatayım da dinle...

Kardeşinin seni mektebe bıraktığı gündü... Aynı bahçeye senden daha küçük ve senden daha kimsesiz bir çocuk bırakmışlardı. Ancak sekiz yaşında, bir hilkat garibesi denecek kadar çirkin, gülünç ve vahşi bir mahluk... Onun gerçi bir babası, üvey de olsa bir anası, büyüklü küçüklü dört kardeşi vardı. Bu aileye oldukça mesut bir yuva denebilirdi. Ancak o çirkin çocuk, bu yuvadaki ahengi ve güzelliği fena halde bozuyordu. Çirkinlik, yalnız yüzde olsa belki ona tahammül ederlerdi. Fakat tabiatı, ahlakı da yüzü kadar çirkindi. "Yüzü çirkin olanın ahlakı da çirkindir!" sözü büyük bir hakikattir. Gerçi bu çocuğun ahlakındaki çirkinlik, yüzündeki çirkinlik neticesiydi. Şeklindeki noksan sebebiyle kimse onu sevmemişti. Küçüklüğünde sevilmeyen, okşanmayan, nazını çekecek kimse bulamayan bir çocukta ince ve güzel hislerin doğmasına nasıl imkân tasavvur edilir? Onun mahrumiyeti bu kadarla da kalmamıştı. Onunla mütemadiyen eğlenmişler, ona hakaret, hatta zulmetmişlerdi. Bunu yapanlar onun en yakınlarıydı, sevmek değilse bile, hiç olmazsa acımaları lazım gelenlerdi. Birbirinden güzel bu dört çocuk arasına bu hilkat garibesi nasıl karışmıştı. Emektar hizmetçiler, yanımda hiç çekinmeden bunu yeni hizmetçilere anlatırlardı:

— Anası gebeliğinde maymuna baktı da ondan...

— Yok, yok... O değil, lohusayı yalnız bıraktılar da iyi saatte olsunlar asıl çocuğu çaldı... Yerine ecinni yavrusunu bıraktılar...

— Kim bilir babasının, anasının hangi ceza-yı ameli için Allah onlara bu maskarayı verdi.

O çocuk daha söylenen lakırdıların manasını anlayacak yaşta değildi. Fakat bir şuursuz hayvan yavrusu açlığı, soğuğu nasıl hissederse o da bu kelimelerdeki acı hakareti öyle karanlık bir surette hissediyordu. Her neyse, böyle yetişmiş bir çocuktan iyi bir ahlak istenemezdi. Mamafih ne olursa olsun netice birdir. O çocuk aile içinde barındırılamayacak kadar çirkin ve fena huyluydu.

Az bir masrafla aile yuvasındaki bu ahenksizlik, pekâlâ izale edilebilirdi. Binaenaleyh beybaba onu mektebe atmakta pek haksız addedilemezdi.

Mektebe çirkin ve vahşi bir hayvan yavrusu salıverilmiş gibiydi. Çocuklar, bir an onu rahat bırakmıyorlar, gülse kızıyorlar, ağlasa gülüyorlar, yalvarsa hakaret ediyorlardı.

Öyle zamanlar oldu ki bahçede arkadaşlarının zulmünden kurtulmak için, kertenkeleler gibi, duvar kovukları içine, merdiven altlarına saklandı.

Mektep idaresi onu müdafaadan acizdi. Hatta mubassırlar, hocalar ayrıca zulüm ve hakaret etmekten de çekinmiyorlardı. Bir gün hastalanmıştı. Boğazı ağrıyor, vücudu ateşler içinde yanıyordu. Bahçenin bir köşesinde kış için getirilmiş bir odun yığını gördü. Gizlice odunların arasına girdi. Orada, ateşten kendini kaybetti.

Birdenbire şiddetli sarsıntılar, yırtıcı feryatlarla uyandı. Beş altı çocuk onun gizlendiği yeri keşfetmişlerdi.

Ayaklarından sürüyerek odunların arasından çıkarıyorlar, kulaklarını, saçlarını çekiyorlardı. O kadar hastaydı ki, yapılan hakaretleri anlamıyor, yediği dayağın acısını duymuyordu.

Onda canını müdafaa eden bir hayvan sevk-i tabiisinden başka his kalmamıştı. Bir aralık arkadaşlarının elinden kurtuldu, tekrar odun yığınlarının arasına kaçtı. Çocuklar, yuvasına saklanmış bir hayvan yavrusunu taciz eder gibi odunların arasından değnekler uzatıyorlar, toz, toprakla dolmuş, korku ile ürpermiş kıvırcık saçlarına, tırmalanmış ellerine vuruyorlardı.

Nihayet, bir tanesi daha başka bir zulüm icat etti. Bir çamurlu kavun kabuğu uzatarak, “Hayvan! Çabuk bunu ye!” diye bağırdı. Öteki çocuklar bir ağızdan, “Yiyeceksin hayvan!" diye haykırışarak inat ediyorlar, artık odunların arasından değnek uzatmakla iktifa etmeyerek taş, toprak atıyorlardı. Ağlaya ağlaya, titreye titreye kabuğu yedim.

O akşam, hastalığım arttı. Beni evvela mektebin hastanesine, sonra eve kaldırdılar. Bir ay kadar yattım.

Bu hastalık, çocukluğumun en güzel bir hatırasıdır. Babam, üvey annem, kardeşlerim bana çok iyi muamele ettiler. Çok kuvvetsiz ve mustarip bulunduğum için ben de tabii bu merhamet ve nezaketi suiistimal etmedim.

İyi olduğum zaman tabii tekrar mektebe dönmek lazım geldi. O vakit, beni bir düşüncedir aldı. Başımı ellerimin içine alarak büyük adamlar gibi çareler aramaya başladım. Ne yapacaktım? Arkadaşlarımın düşmanlığına karşı beni kim müdafaa edecekti? Mubassırlardan, muallimlerden bir hayır gelmeyeceğini anlamıştım. Zaten bunu istemiyordum da. Bana hakaret eden bu adamlara karşı derin bir kin duyuyordum. Nihayet kendi kendime şöyle bir karar verdim: Kendimden başka kimseye güvenmemeliydim. Bunun için de çok kuvvetli, vurucu, kırıcı bir çocuk olmak lazımdı. Böylece hem kendimi müdafaa edecek, hem de düşmanlarımdan eski acılarımı çıkaracaktım.

"Kuvvetli olmak, kendinden başka kimseye güvenmemek", insanlar için olsun, cemiyetler için olsun, bu en büyük hakikattir.

Ne hazindir ki, bu hakikate eren çocuk, daha on yaşından bile yoktu. Demek ki ıstırap, insan zihnini yaştan ve terbiyeden ziyade kemale erdiriyor.

Geçen her gün ve her vaka bu fikrimi kuvvetlendiriyordu.

Derslere ikinci, üçüncü derecede ehemmiyet veriyor, bütün gayretimi ve zamanımı müthiş bir kavgacı olarak yetişmeye sarfediyordum. Usullerim, tabiatla ve canavarlarla uğraşmaya mecbur olan ilk insanların usulleri gibi iptidaiydi.

Mütemadiyen taş atıyor, gülleler, ağır yükler kaldırıyor, elime geçen şeyi parmağımla kırıyor, ayağımın ucuna ne gelirse çiğniyor, tekmeliyordum. Duvarda bir temel çivisi görsem sökünceye kadar sarsıyor, yumruklarım kan içinde kalıncaya kadar uğraşıyordum. En büyük eğlencem iri kerpiç parçalarını toz haline getirinceye kadar yumruğumla dövmek yahut ince odunları bulup bir taşın kenarına koyarak tekmeyle kırmaktı.

Tatil zamanlarında çok kere viranelerde dolaşırdım. Yarı yıkılmış evlerin kalaslarına tırmanır, kapılarını kırar, kuyularına inerdim.

Vücudum, baştan başa yara, bere içindeydi. Fakat ben, bu yaraların acısında, hırpalanmış uzuvlarımın ağrısında adeta acı bir lezzet bulurdum.

Ruhumdaki huşunet de gittikçe artıyordu. Değil insanlarla, taşlar ve tahtalarla uğraşırken bile çılgın hiddetlere, heyecanlara kapılıyor, kudurmuş hayvanlar gibi korkunç hırıltılarla dört yana sallıyordum.

Yavaş yavaş mektebin küçük çaptaki şerirleriyle uğraşmaya başlamıştım. Yaşım daha küçüktü. Kuvvetim onlar derecesinde değildi. Fakat acıya, ağrıya mukavim olduğum için şimdilik mağlubiyetin de ehemmiyet yoktu.

Hâsılı, üç dört sene içinde mektebin en korkunç talebesi oldum. Eskiden uğradığım hakaretlerin hesabını sormak zamanı gelmişti. Vaktiyle bana sataşanları mimlemiştim. Gizli gizli peşlerinde dolaşıyor, fırsat bulduğum zaman çaylak gibi tepelerine iniyordum.

Bu intikamların içinde bir tanesi vardı ki lezzetini hâlâ unutamam: Bana hasta olduğum gün zorla kavun kabuğunu yediren arkadaştan aldığım intikam. İsmi Nesip'ti. Aramızda dört beş yaş fark vardı. O, şimdi onyedi yaşlarında zarif, şık bir gençti. Ben onüçündeydim. Eski bir hafiyenin çocuğuydu. Acizlere karşı çok merhametsizdi. Fakat kuvvetlilerin karşısında şeker gibi tatlı, nazik terbiyeli bir genç olurdu.

Ben, mektebi haraca kesmeye başladıktan sonra Nesip benim gayet iyi bir dostum olmuştu. Hafta başları ben alelusul mektepte izinsiz kaldığım için bana dışarıdan şekerler, çikolatalar getirirdi. Ben, sahte bir sevinçle bunları alır, vaktiyle yediğim çamurlu kavun kabuğunun lezzetini unutmuş görünürdüm. Bu çocuğa öyle bir kinim vardı ki, ne yapsam sönmeyecekti. Bir zaman hasta oldu. Mektebin hastanesinde yattı.

Süprüntülükten bir yığın müzahrafat alıp hastaneye girmeyi, kapıyı üstüne kilitleyerek ona dayakla karışık mükemmel bir yemek yedirmeyi düşündüm. Fakat bu cezayı bir türlü beğenemedim. Senelerce fırsat kolladım. Nihayet bir gün...

Bu zarif ve güzel küçük beyin bir sevgilisi olduğunu biliyordum. Ara sıra tenha yerlerde buluşup geziyorlardı. Uzun uzun onları takip ettim ve bir gün deniz kenarında yakaladım.

Nesip, eski kinimi bilmediği için beni görünce o kadar aldırış etmedi. Yanlarına yaklaştım. Nezaketle selam verdim. Sonra, cebimden suret-i mahsusada hazırlanmış bir pasta kutusunu çıkararak uzattım:

— Çamsakızı çoban armağanı Nesip Bey... Zannederim ki deniz havası iştahınızı açmıştır...

O, biraz bozulur gibi oldu. "Mersi!" diye gülümsemeye çalışarak paketi açtı.

Kavun mevsimi olmadığı için, bir alay armut ve elma kabuğu doldurmuştum.

Nesip, şakaya boğmaya çalıştı, buz gibi soğuk elleriyle omzumu, saçlarımı okşuyor, titreyen sesiyle gülmeye uğraşarak sevgilisine benim mektebin en şakacı, fakat en iyi çocuğu olduğumu söylüyordu. Haliyle, vaziyetiyle nasıl yalvardığını görseydin Necdet!

Aynı nazikane tavırla devam ettim:

— Hediyemi yemeye tenezzül etmiyorsunuz. Emrederseniz size yardım edeyim!..

Şikârının üstüne atılmaya hazırlanan bir hayvan gibi sabırsız hareketlerle yan yan ona bakıyordum. Zavallı Nesip, bir dakika daha ısrar ederse üstüne atılacağımı, bir anda yere yıkacağımı, kendi arzusuyla yapmak istemediği şeyi zorla, bin türlü hakaretle yaptıracağımı anladı. Tabiatımı artık öğrenmişti. Böyle zamanlarımda beni öldürebilirlerdi, fakat inadımdan geçiremezlerdi.

Başka birisi olsa, böyle bir dakikada, sevdiği bir insanın karşısında bu kadar küçülmeye razı olamaz, el arı, düşman gayreti kendini öldürtünceye kadar uğraşırdı. Fakat söyledim ya... Benim düşmanlarım en zelil, en düşkün insanlardı.

Nesip, hazırladığım yemiş kabuklarından bir avuç aldı. Bembeyaz kesilmiş kısık dudaklarına götürdü.

Şüphesiz yiyecekti. Fakat düşkünlüğün bu derecesine ben tahammül edemedim. Zaten artık intikamım alınmış, kinim sönmüştü. Bir el hareketiyle:

— At onları... Haydi, defol git! dedim.

Başları önünde, birbirlerinden uzak, yollarına devam ettiler...

O akşam, seninle arkadaş oluşumun sebebi buydu Necdet... Çünkü aynı yerde, aynı zulüm ve zilletin acısını ben de çekmiştim. Seni o günden itibaren himayem altına aldım. Zayıf, nazlı, hassas bir çocuktun. Hiçbir zaman kendi kuvvetin kendini müdafaaya kâfi gelmeyecekti. Mektepte olduğu gibi hayatta da sana çok yardımım oldu. Bunun için bana teşekkür ettin. Fakat doğrusunu ararsan asıl borçlu benim.

Dünyada sevda denilen şeyi tanımamaya mahkûmdum. Bu gülünç ve melun maske ile örtülü adamı hiçbir kadın sevemezdi. Sonra fazla mağrurdum. Aşk sadakası da dilenemezdim. Binaenaleyh, kadının ve aşkın uzlaşmaz bir düşmanı vaziyetinde yaşamaya mecburdum. Çocuklukta bunun o kadar ehemmiyeti yoktu. Kemal yaşına geldikten sonra da bir dereceye kadar kendi kendime söz anlatabilir, sevmek ihtiyacını uyuşturacak meşgaleler ve ihtiraslar icat edebilirdim. Nitekim de öyle oldu. Fakat onbeşle yirmibeş yaş arasını düşün Necdet... Bu yaştaki bir insan için dünyada sevdadan ehemmiyetli ne olabilir?

Dünyada boğuşup vuruşmaktan başka bir şeyden zevk almayan, vücudunda yaradan, bereden parmak basacak yer bulunmayan bu hırçın, haşin ve vahşi çocukta da bir kalp bulunduğunu kimse tahmin edemezdi. Benim istediğim de zaten buydu. Fakat yüreğimdeki gizli yaralar, bereler vücudumdakilerden çok daha derindi. Sevdiklerini, sevildiklerini söyleyen insanlara başka dünyalarda gelmiş harikulade mahluklar gibi hayretle bakardım. Yolumda birçok kadına tesadüf ediyordum. Bunlardan birisiyle sadece yakından göz göze bakışmayı en büyük bir macera ve saadet addederdim. Fakat benim için bunun bile hiçbir zaman mümkün olamayacağına acı bir kanaatim vardı.

Evet, aşk denen şeyi tatmadan dünyadan geçecektim. Fakat sen, bana hiç olmazsa dostluğu, arkadaşlığı tanıttın Necdet... Mahrum bir insan için bu da epeyce bir şeydir.

Bir arkadaş gözü, bir sevgilinin gözüne benzemiyor; çok kere yüzdeki maskeyi delmeye, yürekten güzelliği görmeye muvaffak oluyor.

....

Sabah yaklaşıyor. Ay, yavaş yavaş başımın üstünden çekildi. Ben, hâlâ karanlık meydanın ortasında, portatif karyolama sırtüstü uzanmış, parmaklarım ensemde kilitli, gökyüzüne bakmakta devam ediyorum... Hatıralarımın bozuk filmi kâh parlak, kâh silik ve karışık parçalar halinde, gözlerimin önünde akıp gidiyor...

Evvelce de söylediğim gibi, bu sinemada bellibaşlı olarak sade ikimiz varız... Ötekiler hep sönük, titrek gölgeler...

Mektebin son sınıflarına gelmiştik. Sen rakik, güzel, hayalperest bir genç olmuştun. Ben, çok kuvvetli ve cesur bir sporcuydum. Mizacım az çok değişmişti. Eskisi gibi haşin ve mütecaviz değildim. Bilakis, etrafımdakilerle oldukça iyi geçiniyordum. Sebebini şimdi kolaylıkla izah ediyorum: Kimse artık bana sataşmaya cesaret edemiyordu. Böyle olunca ben de kimseye fenalık etmeye lüzum görmüyordum. Demek ki eskiden haşin, zalim, sinsi ve merhametsiz bir çocuk oluşum sırf başkalarının zulmüne, haksızlığına karşı kendimi müdafaa etmek mecburiyetinden doğuyormuş...

Evet, etrafımdakilerle uğraşmak için bir sebep kalmamıştı. Fazla olarak onların vücutları gibi ruhlarını da cılız ve sakat görüyordum. Bu insanlarla ciddi bir mücadeleye girişmek, bana sokakta alil bir dilenciye hakaret etmek kadar ayıp görünüyordu.

Hâsılı, arkadaşlarla oldukça hoş geçiniyordum. Geveze, alaycı bir adam olmuştum. Beni meclislerde aramaya ve sevmeye bile başlamışlardı. Yalnız yüreğimde çocukluğun fena günlerinden kalmış bir zehir vardı ki, bir türlü gitmiyordu. Etrafımdakileri bilhassa kadınları acı ve zalim bir surette tenkit etmekten kendimi alamıyordum.

Konuştuğum ve beraber gezdiğim bazı insanlar için "arkadaşlar" kelimesini kullandım Necdet... Halbuki benim dünyada tek arkadaşım sendin...

Vücutlarımız ve ruhlarımız arasında büyük farklar vardı. İki ayrı cinsten mahluka benziyorduk. Son ayrılık gününe kadar devam eden büyük arkadaşlığımıza herkes hayret ediyordu. İnsanlar vardır ki, menfaatleri müşterek olduğu için birbirlerini severler. Öyleleri vardır ki mesela hayatları bir arada geçtiği yahut fikirleri, hisleri birbirine uyduğu için sevişirler. Fakat öyleleri de vardır ki, menfaatleri, hayatları, fikirleri, hisleri birbirine tamamıyla yabancıdır. Fakat buna rağmen yine birbirlerine karşı bir ruh incizabı duyarlar. Bence sevginin asıl makbul nev'i budur.

Necdet ve bizim arkadaşlığımız biraz bu neviden bir şey oldu.

Mamafih, sana gösterdiğim alaka büsbütün sebepsiz de addedilemez: Bedbaht aile kızları vardır. İstemedikleri bir insanla evlendirilirler. Fazla olarak bu insan, fena ve zalim de çıkar.

Zavallılar senelerce gizli gizli isyan ederler, ağlarlar. Nihayet ümitleri büsbütün kesilir. Renksiz, emelsiz hayatlarını hazin bir sabır ve feragat içinde geçirmeye devam ederler.

Bu kadıncağızların bazen bir kızları yetişir, çocuk, sevmek ve evlenmek yaşına gelince, annenin ölmüş kalbinde yeni ve hırçın bir emel uyanır: Kızını mutlaka mesut etmek... Kendisi için istemediği bütün güzel şeyleri kızı için ister... Onu mesut görmek kendi kırık hayatı için anlaşılmaz bir tesellidir... Teşbih gülünç, ama ben de sana karşı bu vaziyetteydim Necdet!..

Ne güzel, ne zarif, ne içli bir genç olmuştun. Senin minimini gönül maceralarına başladığını görmek bende gizli sevinçler, heyecanlar uyandırıyordu. Mamafih, bunları senden gizliyordum. Sen, bana sergüzeştlerinden bahsettikçe dudak büküyor, hatta böyle manasız şeylerle uğraştığın için seni biraz tekdir ediyordum.

Arkadaşlarım daha o zaman beni bir kadın düşmanı olarak tanımaya başlamışlardı. Sen de öyle sanıyordun:

— Dikkat ediyorum Ziya... Bir gün bir kadına tesadüfen olsun baktığını görmedim, diye şaşıyordun.

Hakkın vardı. Ben, bir gün bir kadın yüzüne dikkatle baktığımı bilmiyordum. Bakamazdım da. Buna hakkım yoktu. Ya o kadın kendisine baktığımı görürse? "Bu adam bu çehre ile bana nasıl bakıyor? Benden ne ümit edebiliyor acaba?" diye gülmez mi? Gülmediğini, acıdığını farzedelim... Bu, herhalde daha feci olur...

Evet, bir gün bir kadın yüzüne dikkatle baktığımı bilmiyordum. Minimini vakalar, küçük gönül eğlenceleri belki sizde kadının tesirini kırıyordu. Yaş ilerledikçe aranızda hayal inkisarlarına uğrayanlar, ondan bıkıp usanmaya başlayanlar görüyordum. Fakat bu tanımadığım, görmediğim âlem benim hayalimde bir füsun gibi yaşıyordu.

Mamafih, gururumun, azmimin ve kuvvetli vücudumun çok yardımını görmüştüm. Sevmek ve sevilmek ihtiyacı ilk gençlik yaşlarımda beni senelerce derin ıstıraplar içinde kıvrandırmıştı. Fakat zaman geçtikçe, bu acı hafifleşiyordu. Uzun mücadelelerden sonra ölüme razı olmuş bir hasta feragatıyla mahrumiyetimi kabul etmiştim. Sonra, kendime başka ihtiraslar ve meşgaleler icadına çalışmıştım. Mesela, soparda çok ilerleyecek, meşhur dünya şampiyonları sırasına geçecektim.

Bir tesadüf bu arzumu da kırdı. Küçük bir boks maçı esnasındaydı. Rakibimi fena halde hırpalıyordum. Bir aralık, etrafımdan gelen seslere dikkat ettim.

Bu sesler, daima galibin lehine yükseldiğini işittiğimiz teşcî, takdir, meftuniyet sesleri değildi. Bilakis bir zulüm ve haksızlık manzarası karşısında duyulan boğuk isyanlara benzer gürültülerdi. Rakibim güzel bir çocuktu. Bana öyle geldi ki, ahali, kadınlar benim kadar çirkin bir insanın bu güzel yüzü harap etmesine tahammül edemiyor. Zihnim karıştı. Yanlış bir hareket yaptım. Yüzümü kan içinde bırakan müthiş bir yumruk yedim. Orada olup da ahalinin nasıl sevinçle haykırdığını işitseydin Necdet... Evet, bu ahali, bu dakikada sırf çehrem için bana düşmandı. Ezilmemi istiyordu.

Yüzümdeki yara iki gün bile devam etmedi. Fakat bu vakanın yüreğimde açtığı yara senelerce işledi.

Meşhur bir dünya şampiyonu olmak arzusundan vazgeçtim. Bu, sakil yüzümü hesapsız insanlara tanıtmaktan, hesapsız gözleri üşütmekten başka şeye yaramayacaktı.

Böylece şehirden, kalabalıktan ziyade kırlarda, kamplarda yaşayan, insanla canavar arasında bir garip mahluk oldum...

Mamafih, artık istediğim ruh sükûnunu elde ettim. Uzun egzersizler neticesinde ruhumu da, vücudum gibi çelikleştirdim. Artık bir şey istemiyorum.

....

Yavaş yavaş ortalık aydınlandı. Güneş doğdu, uykum hâlâ gelmiyor. Etrafımdaki ağaçlıkta kuşlar müthiş bir şamata yapıyor. Onlar gibi ben de gevezelik ihtiyacındaydım. Fakat vakit çok erken, kamptaki arkadaşlardan birini bacağından çekip uyandırarak lakırdı dinletemem ya...

Mamafih, bu saatte onlardan birini tesadüfen karşımda bulsam konuşmak isteyecek miyim? Hiç zannetmiyorum...

Ben, arkadaşlarımla daima havaiyattan bahsederim. Hakiki fikirlerimi, duygularımı söylemeye alışmadım. Küçük yaşımdan beri insanlar arasında, bir çölde gibi, yapayalnız yaşıyorum. Hatta seninle o kadar iyi bir arkadaş olduğumuz, kardeş gibi yıllarca bir arada yaşadığımız halde, beni sen de bilmezsin...

Evet, gevezelik ihtiyacındayım. Ancak hayatımda ilk defa kendimden bahsetmek istiyorum. Niçin? Bunun sebebini belki ileride sana söylerim Necdet. Fakat şimdi cesaretim yok. Görüyorsun ki kendisinden, en aziz bir ölüsüne bile bahsedemeyecek kadar korkak ve yılgın bir insanım... Belki söyleye söyleye açılırım. Karyolamın kenarına oturdum. Küçük küçük kâğıt parçaları üstüne bu mektubu yazdım. Şimdi içimde garip bir ferahlık var; Allahaısmarladık, sana galiba dünya hakkında havadisler vermeye devam edeceğim.

Homongolos

II

Homongolos'tan ölmüş arkadaşına

Belki hatırındadır... Mektepte idare memurları ara sıra mütaalahanelere baskın yaparlar, talebenin çekmecelerinde memnu kitap ararlardı. Kiminizde ahlaksız romanlar, kiminizde açık resimler, hatta bazılarınızda sevgililerinizden gelmiş mektuplar bulurlardı.

Böylece siz hem kitaplarınızdan, resimlerinizden, mektuplarınızdan olur, hem de alay alay tevkifler, izinsizler alırdınız.

Elhamdülillah, benim sicilim bu cihetten fevkalade temiz ve kar gibi beyazdı. Ben ki firar, kavga, ihtilâlcilik, tembellik, mektep eşyasını kırık dökmek, muallimlere itaatsizlik, memurlara hakaret gibi muhtelif mektep cunha ve cinayetlerinin hepsinde rekor kırmış bir talebeydim.

İdarenin bu hususta bana büyük emniyeti vardı. Çekmecemde spor gazetelerinden ve sporcu resimlerinden başka bir şey bulamayacaklarına emindiler.

Mamafih, benim de gizli kitaplarım yok değildi Necdet. Bunları sen bile pek iyi bilmezdin. Ara sıra onların, tekrar tekrar okumaktan sararmış, dağınık yapraklarını gördükçe "Nedir?" diye sorardın... "Hiç, manasız şeyler... Bilmem nereden kitaplarımın arasına karışmış. Öteberi sarıyorum da!" diye cevap verirdim. Benim gizli kitaplarım sizinkiler gibi şuh, çapkın kadın ve aşk hikâyeleri değildi.

Bunlar, dünyada daima kendilerini "yalnız" bulmuş insanların "yalnızlık"tan bahseden acı, bedbin yazılarıydı.

O şikâyetlerin mahasını açık bir surette anlayacak yaşa gelmiştim. Fakat bu kitaplarda karanlık ve esrarlı bir cazibe vardı ki bana onları toplatıyor, anlayamadığım satırlarını ezberleyinceye kadar tekrar ettiriyordu. Bu kitapların bahsettiği "yalnız"lık mahkûmlarından olduğumu aklımla takdir edemeyecek kadar çocuktum. Fakat bir sevk-i tabii bana bunu hissettiriyordu. Evet, bu satırları, kelimelerini anlamadıkları esrarengiz duaları kendi kendine okuyan zahitler gibi karanlık bir vecd ile, terkibini bilmedikleri acı ilaçları içen hastalar gibi ümit ve emniyetle tekrar ediyordum.

Büyüdüm, bu yaşa geldim. Şimdi onları biraz daha fazla anlıyorum. Onlardan bazı satırları sana da tekrara lüzum görüyorum:

"Bir şenlik gecesi göl kenarında garip tavırlı bir insana rastgeldim. Ne aradığını sordum.

— Yalnızlık, dedi.

Hayret ettim:

— Bu gece en kalabalık bir eğlence gecesi, dedim. Sahil gibi suların üstü de insanla, ışıkla, terennümle, kahkahalarla dolu... Burada yalnızlık aramak tuhaf bir iddia değil mi?

Muhatabım cevap verdi:

— Siz yalnızlığın hakiki manasını bilmiyorsunuz... İnsan, yalnızlığı hariçte değil, kendi içinde aramalı.

Sözlerinin manasını kavrayamadığımı gördü. Bastonuyla kendi etrafında bir daire çizdi.

— Bakınız, dedi; bu çizgi bir timsaldir. Aramızda pek az mesafe var. Birbirimize bakıyoruz, ben söylüyorum, siz dinliyorsunuz... Fakat bu çizgi bizi ayırıyor... Siz, bana uzak yıldızlardan daha uzaksınız... İşte hakiki yalnızlık budur.

Yalnız kalmanın bin şekli var: İnsan, boş bir evde, sevilmiş bir kadının yanında yalnızlıktan bunalabilir. Kaybedilmiş bir sevgilinin bıraktığı derin boşluğu bilen insanı sükût, gürültüden daha fazla mustarip etmez. İyi düşünürsen, hayatta tek başına yahut bir arkadaşla beraber olarak yürüyen insan, ölen, yani ilaçsız bir yalnızlığa mahkûm olan insandan farklı mıdır?"

Bu kitap, çok doğru söylüyor. Hayatımız daima beraber geçtiği, birbirimizi daima sevdiğimiz halde yabancıydık Necdet. Yalnız kalmanın o binbir şeklinden biri, şüphesiz en korkuncu olan "çirkinlik" beni edebi bir ayrılığa mahkûm ediyordu. Kendi derdim için "en korkuncu" dedim. Çünkü başkalarının şikâyetini işitemediğimiz için kendi ıstırabımızı daima her ıstırabın fevkinde görürüz ki bu da ruhlar arasındaki "ebedi ayrılık"ın bir başka neticesidir.

Kitabımdan okumaya devam ediyorum: "Yalnızlıktan doğan ıstıraplar en ziyade aşınmaya layık olanlardır. Çünkü, hiçbir merhametin tesellisi onlara erişemez. İnsanlar, ıstırabın yalnız bir nev'ini anlıyorlar: Kendi çektikleri ıstırap."

Senelerden beri toprak olmuş bir ölüye niçin bu mektupları yazdığımı belki biraz anladın Necdet! Çünkü sağ olsaydın, beni daha fazla anlamana imkân olmayacaktı.

Tabiatta anlaşılmaz bir tenakuz var. Bir yandan insanlar birbirlerini anlamıyorlar, başkalarında yalnız kendi elemlerinin aks-i sadasını duyabiliyorlar. Halbuki bir yandan dertlerini söylemekte, elemlerini ifade etmekte inkâr edilmez bir teselli buluyorlar. Ben, bu hakikati bildiğim için kendimi bu noktadan, öteki insanlara fâik sanıyordum. Vahşi bir gurur ile şimdiye kadar sustum. Etrafımdaki kalabalığın içinden yalnız bir gölge gibi geçtim. Fakat bugün anlıyorum ki bu mağrur sükûtun sebebi, kendi tahammülüm, kendi irade kuvvetim değilmiş... Hayatın her insan için mukadder sayılı bir fırtınasına henüz uğramayışımmış... O fırtına başladı Necdet... Yaşayanlardan bir yardım umamam. Sağ olsaydın belki nihayet sana söylerdim. Fakat Homongolos'u en kuvvete muhtaç olduğu bir zamanda yalnız bırakmış bulunuyorsun.

....

Sana gülünç olduğu kadar da feci bir havadis vereyim Necdet... Homongolos galiba seviyor... Homongolos ve aşk... Dünyada bu iki kelimenin yan yana gelmesinden daha komik bir şey tasavvur edilemez. Fakat ne yapalım, oldu!.. Pek iyi bilirsin. Homongolos, çok cesaretli, çok gayur bir insandı... Ölüme, eleme, hastalığa, zarurete, hâsılı hiçbir şeye ehemmiyet vermezdi... Çok küçük yaşından beri yalnız bir şeyden korkardı: Sevmekten...

Dünyanın bütün tasavvur edilecek felaketlerini gözümün önünden geçirdim: Hepsi için bir ilaç, bir çare ümit edilebilirdi. Fakat ya bu çirkin çehre ile seversem halim ne olurdu?

Bu düşünce, beni senelerce müzmin bir hüzün ve yeis içinde kıvrandırdı. Ben de siz yaşta bir çocuktum. İlk gençliğin rüyaları ve ateşleri beni de sarmıştı. Yeri belli olan ağrılardan, sızılardan şikâyet etmeye sebep yok. Mesela, insan ağrıyan bir dişini söküp atıyor... Fakat benimki gibi insanlığın en derin, en karanlık yerlerinden gelen menbaı belirsiz ağrılar için ne yapmalı?

Yine yalnızlıktan bahseden bir kitap, bana şu nasihati verdi: "Uzun müddet hareket ve faaliyetten kalan uzuvlar gibi kalbi de, bazı nevi hisleri de uzun bir atalet neticesinde uyuşturmak, söndürüp körleştirmek mümkündür. Rüyetini kaybetmiş bir göz, kurumuş bir parmak, söndürülmüş bir hasta ciğer, nasıl, yaşayan ve duyan uzuvların konseri içinde bir meyt gibi atıl ve hissiz yaşarsa, söndürülmüş bir his ve emel de öylece kalbin bir köşesinde kuruyup kalır."

Ben, bu nasihati tutmaya çalıştım. Bütün gençliğimi ve irademi içimdeki sevmek kudret ve ihtiyacını körletmeye vakfettim.

Yaşım ilerledikçe rüyalarım söndü, ıstıraplarım eksildi. Eski matemlerin hatırasına benzer bir hafif hüzünden başka bir şey kalmadı. Artık istediğim gibi bir adam olduğumu zannediyordum. Hatta kadın için, sevda için söylediğim şeylere kendim de inanmaya başlamıştım:

"Bir gece bir perinin sihirli eli yüzüme dokunsa, ertesi sabah bir masal şehzadesi güzelliğiyle yatağımda uyansam, yine nafile" diyordum; "Artık kalbim öldü. Sevmeye kudretim kalmadı."

İşte kendime bu fazla itimadımdır ki beni bugün bu gülünç ve feci vaziyete düşürüyor Necdet...

"Artık benim için sevmek korkusu kalmadı" dediğim için kadından kaçmaya o kadar fazla lüzum görmedim. Hatta yavaş yavaş insan içine, kadın cemiyetlerine girmeye başladım. Nasıl ki vaktiyle, kendimi insanlardan gelecek fenalıkları menedecek kadar kuvvetli bulduğum zaman da artık arkadaşlar, dostlar peyda etmekte mahzur görmemiş, oldukça munis bir insan olmuştum.

Uğradığım kaza için sana biraz tafsilat vereyim mi? İhtimal ki, sana yeni bir şey söylemeyeceğim. Bütün sevdaların hikâyesi birbirine o kadar benzermiş ki...

Baharda, kırlarımıza uzak memleketlerden kırlangıç sürüleri gelir... Kondukları yeri birkaç ay tatlı bir neşe ve hayatla doldururlar... Bu sene kampımızı kurduğumuz yerin bir saat uzağında, bir bahçeye böyle bir kuş sürüsü indi: İrili ufaklı, bir alay şen, yaramaz, hafif, genç kadın ve kız... Bir aile düğünü için memleketin dört bir tarafından gelip toplanmışlar... Mütemadiyen eğleniyorlar, çalgı çalıyorlar, dans ediyorlar...

Sporcu arkadaşlar üç seneden beri olduğu gibi bu sene de burada güya bir açık hava ve riyazet hayatı geçireceklerdi. Bu çılgın genç kız alayını görünce çileden çıktılar. Tabii nizamımız bozuldu, programımız altüst oldu.

Açıkgözlerden bazıları gizlice faaliyete girişmişler. Bu aile ile münasebet tesisi için çareler aramışlar...

Öte taraf da aynı arzuda olduğu için tabii kolayca tanışıldı.

Ben başta olmak üzere birkaç ağırbaşlı arkadaş, evvela buna razı olmak istemedik. Yalnız şu var ki, insan, dünyada her şeyle uğraşabiliyor. Fakat birbirini isteyen erkekle kadının birleşmesine mâni olamıyor... O öyle acayip bir mıknatıs ki.

Hâsılı, çocuklarla başa çıkamadık. İş bu kadarla kalsa yine iyi... Bilakis onlar bizi peşlerine takıp bu köşke sürüklediler.

Bir gece resmen davet edilmiştik. Arkadaşlar, beni de kendi aralarına karışmaya ikna etmişlerdi. Fakat bir sokak köşesinde bir alay genç kadın ve kızla karşılaşınca birdenbire ürktüm. Motosikletimi sürüp gittim. Sonra, başka yollardan dolaşarak kendi kendime kampa döndüm.

Fakat arkadaşların ikinci bir ısrarına mukavemet edemedim:

— Mutlaka seni görmek istiyorlar... Vaat ettik... Rezil olacağız, diye yalvarıyorlardı.

Beni niçin görmek istediklerini tahmin ediyordum. Şöhretimi duymuşlardı. Kadın düşmanını, bir acayip hayvan seyreder gibi görmek istiyorlardı. Kendi kendime:

— Pekâlâ, dedim, giderim. Bu meraklı küçük hanımlara öyle bir ders vereyim ki, beni görmek istediklerine pişman olsunlar... Hem şu arkadaşları da mükemmel bir rezil edeyim.

Düşündüğümü muvaffakıyetle tatbik ediyordum. Küçük hanımlar, benim şiddetli hücumlarım, zalim alaylarım karşısında sansar hücumuna uğramış güvercinliklerdeki kuşlar gibi ötüşüp çırpınıyorlar, bizim arkadaşlar utançlarından yerin dibine giriyorlardı. Bu, benim muhterem komşularımızın köşkünü ilk ve son ziyaretim olacaktı. Fakat...

Bu genç kızların arasında hiçbirisine benzemeyen, bambaşka bir mahluk vardı: Sâra diye bir genç kız... Onu daha görmeden lakırdısıyla kulaklarım dolmuştu. Kampta münhasıran ondan bahsediliyordu. Kasabada onu bir kere görmek için yol üstünde bekleyenler vardı.

"Kim bilir ne kendini beğenmiş, şımarık, hafif, manasız bir mahluktur?" diyordum. Ona kulaktan âşık olanlar vardı. Ben, kendi hesabıma kulaktan düşman olmuştum.

Bilhassa bir yolunu bulursam, onu dehşetli hırpalamak fikrindeydim.

Herkesin kendisine hayran olduğunu görmeye alışan bu şımarık genç kız, sakil bir insan tarafından hiçe sayıldığını görünce kim bilir ne şaşıracak ve kızacaktı! Mamafih itiraf edeyim ki, ondan evvel şaşıran ben oldum. Bu Sâra Hanım tarif ettiklerinden, düşündüğümden o kadar başka bir insandı ki... Onu meclislerin baş köşesinde pırıl pırıl yanan, şımarık şımarık gülen, küstah bir hâkimiyetle mütemadiyen eğlenen ve söylenen bir mahluk tasavvur etmiştim. Halbuki daima gölgeden ve karanlık köşelerden hoşlanan, halim, sakin ve biraz mahzun bir genç kızdı.

Yüzüme bakarken hayret ve nefret göstermeyen yalnız o vardı.

Mamafih ilk kararıma sadık kaldım. Onu kızdırmak ve incitmek için türlü münasebetsizlikler yapıyordum. Fakat o, bir türlü kızmıyor, sade biraz mahzun oluyordu. Fikirleri öteki arkadaşlarının fikirlerinden bambaşkaydı. Güzel gözlerinde görünüşlerden ziyade iç yüzlere, çehrelerden fazla ruhlara bakan insanların halim müsamahası vardı.

O gece, iki arkadaş gibi ayrıldık. Kampa dönerken arkadaşlardan ayrıldım, kendi kendime düşünmeye başladım:

— Bu sempatiyi nasıl izah etmeli? İhtimal, bu biraz mahzun ve şüphesiz çok hayalperest olan genç kızın bir sevdiği var. Tahminim doğru ise, dünyada bu genç kızı alakadar edecek hiçbir şey yoktur... Gözleri bütün şekillere lakayttır... İnsanların hepsi onun nazarında birdir. En güzel bir çehre ile en çirkin bir insan, mesela bir Homongolos arasında fark göremez... Belki, hatta şeklindeki garabet ile başka cinsten bir mahluka benzeyen bir Homongolos, ona daha ziyade zihin ve gönül huzuru verir.

"Yalnızlar"ın bir nev'i de kalabalık bir cemaatin hayat ve ahengine karışmış göründükleri, her şeye baktıkları halde başlarının içindeki hayalden başka bir şeyi görmeyen "mütehayyil"lerdir. Bunlar, ikide birde kendilerini rüyalarından uyandıran, etraflarına bakmaya, söylemeye, düşünmeye mecbur eden insanlardan mümkün mertebe kaçınırlar, munis, dilsiz hayvanlardan daha fazla hoşlanırlar.

İhtimal, bu Sâra da bu nevi "yalnız"lardandır. Etrafındakilerin yapmacıklarından, nümayişlerinden, iddia ve ukalalıklarından bıkıp usanmıştır... Ne yüzü, ne de fikirleri kimseye benzemeyen Homongolos, onu çirkin bir buldog köpeği gibi alakadar ediyor...

....

Bunlar, o gece kendi kendime kampa gelirken düşündüğüm şeylerdi. Ertesi sabah bu tahminleri ve faraziyeleri hatırladığım vakit hem utandım, hem güldüm:

— Homongolos, oğlum... Sen, dün gece yıldızların altında mükemmel bir rüya gördün, diyordum. Kadınların ve gecenin tesiriyle adeta sarhoş olmuştun... Karanlıkta gelirken aklından geçen şeyler ne feci hezeyanlardı. O kendini beğenmiş, gülünç genç kızı ne olmayacak vehimlerle süsledin... Halbuki hakikat gayet aşikâr... Bu Sâra Hanım sana o kadar fazla alaka göstermekle sadece etrafındakilere numara yapmak istedi. Belki herkesin mütemadiyen kendisiyle meşgul olmasını kâfi görmüyor, cazibelerine bir de "eksantrik" sıfatını ilave etmeye çalışıyordu. Yahut da uzaktan hasretle için çeken "dildâde"lerini "Yarabbi! Buldu buldu da bunu mu buldu?" diye kudurtmak, isyan ettirmek istiyordu. Hatta ihtimal ki bana gösterdiği teveccüh ve iltifatın daha yüksek bir manası vardı. Sâra Hanım, demek istiyordu ki: "Ben, o kadar yükseklerde uçan bir kuşum ki, kanat çırptığım mesafelere nazaran bir Homongolos ile sizin aranızda hiçbir fark yoktur..." Hakikat bundan ibaret... Kahrolsun, insanları kuruntu ile, vehimle berbat eden gece... Yaşasın güneş... Güneş aydınlığında öyle bir hassa var ki, sade dünya değil, insanın beyninin içi de aydınlanıyor.

....

Bir daha köşke misafir gitmemeye, o çılgın genç kız alayını, bilhassa o Sâra Hanım'ı görmemeye azmetmiştim. Fakat sözümde durmak bir türlü kabil olmuyordu.

Onlar, çok ısrar ediyordu. Vukuat ve tesadüfler ise mütemadiyen aleyhime çalışıyordu. Bugün artık saklamaya ne lüzum var? Benim mukavemetim de doğrusu pek kuvvetli değildi. Sâra'yı sık sık görüyordum.

Bu genç kız, bana büyük bir sempati gösteriyor, mütemadiyen benimle meşgul oluyordu. Niçin? Zihnim daima bununla meşgul bulunduğu halde bir türlü bir şey anlayamıyordum.

Bir şeye dikkat etmiştim. Sâra için gece düşündüğüm şeyler gündüz düşündüklerimden büsbütün başkaydı. Başımın içinde iki ayrı insan yaşıyor, düşünüyor gibiydi.

Gündüzleri bu genç kızı zalim bir soğukkanlılıkla tahlil ediyor, onun biraz renk ve süsten, bir parça gösteriş ve koketlikten ibaret; boş, manasız bir mahluk olduğuna karar veriyordum.

Binaenaleyh artık onunla meşgul olmaya sebep kalmıyordu. Onu, odadan atılan lüzumsuz bir eşya gibi zihnimden çıkarıyordum. Fakat gece, ortalık karardığı, tabiat gibi ruhlara da bir durgunluk çökmeye başladığı zaman, o, yavaş yavaş kapıma vuruyor, mahzun ve hayal bir çehre ile yanıma geliyordu.

Gecenin maddi görünüşümüze nasıl tesir ettiği malum... Bazen karanlıkta parlayan bir cam kırığını pırlanta sanırız... Karanlık bir duvara vurmuş bir ışık çizgisine bakarken aralanmış bir kapıdan başka bir dünyayı gördüğümüzü vehmederiz.

Mamafih gece, sade, vücudumuzun gözleriyle gördüğümüz şeyleri değiştirmekle kalmıyor, hayalimizde gördüğümüz şeylere de tesir ediyor...

Gecenin getirdiği bu Sâra hayali, gündüzki hafif, ruhsuz, manasız Sâra'dan büsbütün başkaydı. Öyle ki, güzel bir şeye iftira etmiş bir insan gibi adeta kendimden utanıyordum.

— Homongolos, biz köşke gidiyoruz bu gece... Sen kalıyorsun, değil mi?..

— Evet... Fakat siz kampı beklemek için ihtiyaten birini bırakın... Belki ben de dolaşmaya çıkarım... Belki bir kolayıma gelirse uğrarım da... O kadar çok ısrar ettiler ki, bu gece yan çizmek ayıp olacak...

— Bravo Homongolos... Haydi ötekiler neyse ne... Fakat insanı çağıran bir Sâra Hanım olursa.. Sen, maaşallah adam olmaya, insan içine girmeye alışıyorsun!..

İstihfaf ile omuz silkiyor:

— Geleceğim muhakkak değil, diyorum.

Fakat artık anlamaya başladım ki gündüzleri verdiğim kati karar, geceyle beraber eriyip gidecektir... Bazen kararsızlığım beni kendimden utandırıyor. Korkmaya başlıyorum:

— Ne olursa olsun, bu gece bu arzuya mukavemet etmek lazım, diyordum. Hakikaten de kendime verdiğim bu sözü tutuyorum. Fakat, o gece bir sinir hastası gibiydim. Bir türlü içim içime sığmıyor, yerimde duramıyorum. Karanlıkta denize giriyorum, yorgunluktan bitap düşünceye kadar saatlerce yüzüyorum.

Mamafih her zaferin herhalde iftihar edilecek bir şey olmadığını anlıyordum. Onun için, kendimi şimdilik vakaların akıntısına bırakmayı daha muvafık gördüm.

Senelerden beri kaybettiğim sevmek korkusu yine içimde canlanmaya başlamıştı. Kendimi avutmak için garip muhakemeler yapıyor, teselliler icat ediyordum:

— Bu Sâra'ya duyduğum temayülün herhalde aşk ile bir alakası olamaz... Küçük hevesleri, his eğlencesi kabilinden olan alakaları bir tarafa bırakırsak, büyük aşk, ancak birbirini sevmeye layık ve müstait insanlar arasında doğabilir...

İki ayrı cinsten mahlukun birbirini sevdiği, dünyada görülmemiştir... Ben, kendi derecesini çok iyi takdir eden bir insanım... Bu genç kıza karşı ne ümidim olabilir ki, onu benimseyip seveyim? Sâra Hanım bana ummadığım derecede samimiyet gösterdi... Yanında bulunmaktan, sözlerini dinlemekten zevk almaya başladım. Belki, hatta, onun cinsini, kadınlığını bile düşünmüyorum. Onu bir erkek dost gibi -mesela, kaybedilmiş bir Necdet gibi- temiz bir arkadaş muhabbetiyle seviyorum. Erkekler arasından bazen kendimize bir kardeş, bir "birader" seçmek mümkün olsun da kadınlar arasından bir "hemşire" ayırmak niçin kabil olmasın?

Bu sudan mantık, muvakkaten endişelerimi teskin ediyor, beni Sâra'nın yanına sürüklüyordu.

Onu her görüşte daha munis ve bana daha yakın buluyorum. Bu genç kıza karşı duyduğum derin alakayı sade yabancılara değil, onun kendisine de hissettirmek işime gelmezdi. Onun için mütemadiyen zevzekliklerime, münasebetsizliklerime, küstah tecavüzlerime devam ediyordum. Aksilik ve küstahlık beni çehremde bir insana yegâne yakışabilecek tek süstü. Ben, tatlı, rakik şeylerden bahsetsem, müşfik ve nazik tavırlar alsam kim bilir ne gülünç ve maskara görünürdüm?

Eşek ile fino köpeğinin hikâyesini bilir misin Necdet? Bir adamın güzel bir finosuyla çirkin bir eşeği varmış. Fino, daima efendisinin yanında gezer, kucağında uyur, sofrasında yemek yermiş.

Eşeğe gelince, tabii yük taşır, bostan dolabı çevirir ve bu hizmetlerine mukabil bir miktar arpa ile bol miktarda sopa yermiş. Eşek, bir gün kocaman başını nallı ayağıyla kaşıyarak düşünmüş:

— Nafile, bu böyle sökmeyecek... Ben de politikayı değiştirmeli, kapı yoldaşım fino gibi hareket etmeliyim... Hem onun yaptığı şeyler de pek güç görünmüyor... Biraz bağırıyor, birkaç defa yerde debeleniyor, sonra ayağıyla efendinin yüzünü okşuyor. Ben de onun gibi yaparsam sahibimin gözüne girer, yükten ve dayaktan kurtulur, efendiyle beraber yer, içer, yan gelirim.

Zavallı eşek, daha fazla düşünmeye lüzum görmeden fiiliyata girişir. Bir yolunu bulup efendinin oturduğu odaya girer... Adamcağız, tabii şaşırır, "Hayırdır inşallah!" deyip neticeyi beklemeye başlar.

Eşek, başını kaldırır, kulaklarını kısar, güzelim ağzını açarak birkaç kere fino gibi havlar. Sonra, yine onun gibi efendinin ayakları altında debelenmek için kaldırıp kendini yere atar, bir iki yuvarlanır. Oda, zelzele içinde kalır, ne kadar eşya varsa altüst olur. Nihayet eşek, marifetinin üçüncü numarasını tatbik etmek için tekrar ayağa kalkar, nallı ayağını kaldırarak efendinin yanağını hafifçe okşar. Bir okşayış ki, bir anda adamcağızın birkaç dişini fırlatır.

Efendi "Aman çocuklar, yetişin!.." diye bağırır. Uşakla bahçıvan sopalarla odaya koşarlar ve eşek, tabii terennümü değiştirir.

Ben, kendimi bu masaldaki eşeğe benzetiyordum.

Rakik söz söylemeye çalışmak, tatlı tavır almak beni kepaze etmekten, çirkinliğimi daha fazla göze çarptırmaktan başka bir şeye yaramazdı.

Ben, mağlubiyeti kabul etmiş, kendimi gönül davalarında, mücadele haricine çıkarmış bir adamdım... Bir şey ümit ediyor gibi göründüğüm halde herkes bana gülecekti. Buna hiçbir zaman razı olamazdım.

Mamafih ben, bu kadarla da iktifa etmemiştim. Beni, halini bilen, zeki ve mustarip bir insan olarak tanımalarından da aynı derecede korkuyordum. Çünkü acıyacaklardı. Mağrur ve zeki bir insan için acınmak da eğlenilmekten daha az feci bir şey değildir. Onun için kendimi tamamıyla histen, insanlık duygularından mahrum bir mahluk, bir Homongolos olarak tanıtmıştım. Evet, bu Sâra Hanım'a mümkün olduğu kadar fena muamele ediyordum. Sözlerim, hareketlerim en mazlum ve sade bir insanı isyan ettirebilirdi. Fakat bu kimseye benzemeyen genç kız, ne söylersem, ne yaparsam tahammül ediyordu.

Sâra'nın bu vaziyeti halledilmez bir muammaydı. Uzun düşüncelerden sonra şu neticede karar kıldım:

Bütün gayretime rağmen tedbirde kusur ettim. Küstah tavırlarım Sâra'yı aldatmadı. Şen zevahirime rağmen benim çok bedbaht bir insan olduğumu hissetti. Belki bu genç kızın yüzü derecesinde güzel bir ruhu var... Bana derin surette acıyor. Ölecek hastaları beyhude tesellilerle avutanlar gibi o da beni bir parça aldatmak istiyor... Bu kadar fevkalade bir genç kızdan bu kadar müşfik bir arzu, niçin ümit edilsin?

Hastalığım başlamıştı Necdet. Görüşlerim, düşünüşlerim gittikçe değişiyordu. Sâra, yavaş yavaş öteki insanlardan ayrılıyor, hastalanmış bir muhayyilenin bütün vehimleriyle süsleniyor, insanlarla ilâhlar arasında bir mahluk oluyordu.

Mamafih gözümde değişen şey, yalnız Sâra değildi. Mesela, onun oturduğu köşk ile kamp arasındaki yol... Günde birkaç defa motosikletimle çiğneyip geçtiğim bu tozlu, bozuk cadde, geceleri bana bir rüya memleketinin yolu gibi görünüyordu. Köşkün bahçesi, onu ilk defa altında gördüğüm ağaç, bir akşam kapının yanında ayrılırken onun saçlarına, alnına donuk bir ışık döken fener... Buna benzer daha birçok ehemmiyetsiz küçük şeyler gözümde kıymet alıyordu.

Nihayet, kati hükmümü verdim:

— Homongolos, sevdiğini artık inkâr etme... Görülüyor ki, bu hastalık kızıl, kızamık nev'inden bir maraz... Bütün gayretine rağmen sen de ondan masun kalmadın. Fakat telaşa sebep yok... İlk gençliğinde yakalansaydın, bu hastalık senin için tehlikeli olabilirdi. Fakat şimdi kâfi derecede müdafaa kuvvetlerine maliksin... Kuvvetli bir vücudun var... Bundan daha ehemmiyetli olarak metin ve soğuk bir mantığın var... Çocuk olsaydın ümit ve hayale kapılmaktan kendini alamazdın. Bunu takip edecek zaruri hayal inkisarına belki tahammül edemezdim. Ben, zannediyorum ki, bu hastalığın tehlikesi kendinde değil, ümitle ihtilât etmesindedir... Sende böyle bir çocukluğa esasen ihtimal yok... Yalnız, dikkat et ki ateşin şiddeti sana mantığındaki selameti kaybettirmesin... Hezeyanlar, sayıklamalar gibi hallerden kendini koru...

Hem belki bu hastalık, korktuğundan hafif geçer... Sonra alelade bir sıtma nöbetinde bile bir garip zevk unsuru bulunduğunu unutma... Tabii halinden çıkmaya, marazi bir ateşle yanmaya başlayan bir hastanın hisleri daha başka bir derinlik heyecanları daha başka renkler ve şekiller alıyor. Evet, belki bu hastalık, seni dünyanın en güzel şeyini, aşkı tanımadan hayattan göçüp gitmek mahrumiyetinden kurtaracak.

İşte ben, şimdi böyle bir hastalığın ateşleri ve rüyaları içindeyim Necdet... Kendimi bir nehrin kuvvetli akıntısına bırakmış gibiyim... Bakalım nerelere sürükleneceğim.

Homongolos

III

Homongolos'tan ölmüş arkadaşına

Hafif dimağlı, hasta sinirli bazı insanlarda ölmüş sevgililerine karşı bir nevi kin vardır. Bu ölümü onların bir nevi vefasızlığı addederler, kendilerini zahmetli bir seyahat esnasında yarı yolda bırakmış bir arkadaşa hitap eder gibi, "Niçin beni yalnız bırakıp gittin?" diye sızıldanırlar.

Ben, etrafımda pek çok işittiğim bir çocukça şikâyete daima biraz gülerdim. Halbuki başkasında güldüğüm şey şimdi kendi başıma geldi. Bu gece sabaha kadar karanlıkta deniz kenarında kendi kendime dolaşıyor, "Beni yalnız bıraktığına çok fena ettin Necdet... Bu gece yanımda olmanı ne kadar isterdim!" diyordum.

Mamafih, sakın bu sözüme yalnış bir mana verme. "Bu gece galiba Homongolos'un en çok teselliye muhtaç bulunduğu bir büyük felaket gecesi!" diye düşünme... Bilakis bu gece, Homongolos hatır ve hayale gelmeyecek derecede mesut oldu.

Sağ olsaydın bir çocuk gibi dizlerinin dibine oturacaktım. Diyecektim ki:

— Küçükten beri maddi acılara ve ağrılara tahammüle vücudumu nasıl alıştırdımsa yüreğimi de ümitsizliğe ve ıstıraba öyle alıştırdım... Bir felaketi hiç şikâyet etmeden, hiç kimseye bir söz söylemeden çekmeye idmanlıyım... Fakat sevinç ve saadet hiç alışık olmadığım, hiç beklemediğim bir şey... Evet, bu gece sevinç ve saadetin hiç beklenilmez bir baskısına uğradım. Umulmaz bir rüya gecesi geçirdim. Ömrümün bütün acı, yahut renksiz günleri bir an için bir eski masal oldu... Onun için muhakkak söylemek lazım... Saadeti saklamak, derdi saklamaktan çok daha güç... Dinle beni Necdet...

Evet, bir çocuk gibi, çirkin başımı dizlerine koyarak söylemekten utanmayacaktım. Fakat madem ki bu mümkün değil, sana yine bir mektup yazıyorum... Bugün, sakin bir günümdü. Kasabaya inerek bazı işlerle meşgul olmuştum. İçimdeki fırtınaya bir mukavemet, sükûnet gelmişti. Hislerim uyuşuktu. Fakat dimağım mükemmel işliyordu. Motosikletimle kampa dönüyordum. Bir zeytin ağacında ağlayarak imdat isteyen bir kız çocuğu gördüm. Bu çocuk, Sâra'nın dayızadesiydi. Bisikletle gezerken azılı bir bağ köpeğinden ürkerek ağaca tırmanmıştı. Çocuğu köşke kadar götürmek lazım geldi. Yolda Sâra'ya tesadüf ettim. Ehemmiyetsiz yardımımı büyük bir şey addediyor, beni zorla köşke götürmek istiyordu. Razı olmadım. Motosikletime binerek kampa döndüm.. Dedim ya, sakin ve makul bir günümdü. Sâra'ya itaat etmeyişimi bir büyük zafer addediyordum.

Fakat gece, küçük kızın ailesinden dört beş kişi bana teşekküre geldi. Aralarında Sâra da vardı. Onu hiç beklemediğim bir saatte, elinde bir küçük çiçek demeti, dudağında en güzel tebessümüyle çadırımın kapısında buldum.

Misafirler, kampın ortasındaki büyük fenerien etrafında toplanmışlardı.

Sâra, biraz geride, ayakta duruyordu.

Ben, uzakça bir karanlık köşeye çekildim. Elimde onun çiçekleri, yüreğimde müphem bir endişe vardı. Güzel ve sakin bir denizin ufkunda, bir fırtınanın ilk alametlerini görmeye başlayan bir eski kaptan endişesi... "Bu gece mutlaka fevkalade bir şeyler geçecek!" diyordum. Hatta oradan kaçıp gitmeyi, sabaha kadar kampa dönmemeyi düşündüm. Benim garabetlerime herkes alışıktı. Hatta Sâra bile darılmayacaktı. Fakat yerimden kımıldamak mümkün değildi.

Bulunduğum karanlık köşede görülmek tehlikesi yoktu. Sâra'nın, büyük fenerin ışıkları altında gülümseyen yüzünü korkmadan seyrediyordum. Fenerin etrafında bir kargaşalık oldu. Sâra'nın çehresini kaybettim. Mamafih ben, onu hâlâ başımın içinde görmeye devam ediyordum.

— Mehtap gibi çiçekleri de galiba seviyorsunuz Ziya Bey?

Bu sözleri söyleyen onun sesiydi. Hafifçe titreyerek başımı çevirdim. Sâra, omuz başımda duruyor, gülümseyerek elimdeki çiçeklere bakıyordu.

Bir şey hissetmesinden korktum... Çiçeklerin elimde bulunmasını izah için bir yalan uydurdum. Bu küçük demetin renk itibariyle kulübümüzün firmasına benzediğini, bu sebepten onu yatağımın başına asacağımı, eğlenir gibi bir tavırla anlattım.

Fakat evvelce de söyledim ya o, benim tecavüzlerime, terbiyesizliklerime kızmıyor. Sade beni mahcup ve pişman eden mahzun bir gülümseme ile yüzüme bakıyor. Bu anlaşılmaz genç kızda bu gece garip bir emel uyanmıştı. Benimle kampın arka tarafındaki ağaçlıkta bir gezinti yapmak için inat ediyordu. O kadar mukavemet ettim, olmadı.

Ağaçların arasında yan yana yürümeye başladık. Mehtap, yerde kuru otların üstünde gölgelerimizi karıştırıyordu. Sâra, etrafımızdaki yalnızlıktan ürküyor gibi bana sokuluyor, omzu koluma dokunuyordu.

Ben, sevdanın ne hayallere sığmayacak derecede güzel bir şey olduğunu bu gece anladım Necdet... Kendi kendime diyordum ki: "Allah beni de öteki insanlar gibi sevilecek ve utanmadan sevdiğini söyleyebilecek bir insan olarak yaratabilirdi... Yanımda yürüyen, omzuma dokunan, fakat hakikatte bana en uzak yıldızlardan daha uzak olan bu yabancı genç kız, benim nişanlım yahut zevcem olabilirdi. Nitekim, bu saatte yine böyle ay ışığında yan yana dolaşan ve sevişen nice insanlar var... Kim bilir neler hissediyorlar? Nasıl mesut oluyorlar? İnsan, saadetin bu derecesine nasıl tahammül eder?" Bu suali çirkin Çinli gözlerimin kapaklarını yakan yaşlarla ve büyük bir saffetle kendi kendime soruyordum.

Bu düşünce, başka bir insanı isyan ettirebilirdi. Fakat ben, mağlubiyeti kabul etmiş, bu zehri çoktan hazmetmiş bir insan olduğum için hiçbir kin ve hiddet duymuyordum. Ben, sade, gökyüzüne bakarak hayret edenler, kâinattaki büyüklüğü zihinlerine sığdıramayanlar gibi birbirlerini sevebilenlere hayret ediyordum: "Evet, bu dünyada sevenler, sevilenler var. Görünüşte bunların başka insanlardan farkı yok. Bu, nasıl mümkün oluyor?"

Sâra, beni bir uçurumun kenarına kadar sürüklemişti.

Başındaki tülü rüzgâra karşı müdafaa etmek için uğraşarak bana dönüyor, çıldırtıcı güzelliğini zorla gözlerimin içine sokarak gülümsüyor, bana güzel, tatlı şeyler söylüyordu. Zaafımı anlatmamak için son derece güçlük çekmeye başlamıştım. Artık bir rüya içinde gibiydim.

Daha doğrusu içimde hiçbir acılık yoktu. Kendi kendime, "Homongolos, sen birbirlerini sevenlere hayret ediyorsun, diyordum; fakat kimse sevdayı senin kadar iyi anlamadı..."

Sâra, vadinin karşı sırtlarını merak ediyordu. İleride bir gün onu tekrar buraya getirerek gündüz gözüyle göstereceğimi vaat ettim. Bu, söz olsun diye söylenmiş bir şeydi. Bir ikinci defa onunla buralara gelmemize imkân yoktu. Zaten, nihayet yirmi otuz güne kadar ayrılacağımızı biliyordum. Bu fikir, benden başka düşünceler uyandırdı: "Homongolos, diyordum; ihtimal bu, sondur... Bir daha onunla böyle yalnız kalamayacaksın... Bu çehreyi bu kadar güzel bir ziya içinde tekrar göremeyeceksin... Demek ki sen, bu saatte hayatına mukadder olan saadetin en yüksek mertebesine erişmiş bulunuyorsun.. Bu genç kız, senin nişanlın olsaydı bu saatte onu daha başka türlü mü sevecektin? Evet, Homongolos... Cebr-i nefs et. Büyük bir gayretle başındaki akıl ve mantık makinesini durdur... Farzet ki, Sâra senin nişanlın ve sevgilin..."

Sâra, benim bu tasavvuruma yardım etmek ister gibi başını çeviriyor, bana rikkatle, hüzünle dolu güzel şeyler söylüyordu. Nihayet hafifçe boynunu büktü. Hiç sebepsiz ağlamaya başladı. Bu gözyaşlarının sebebi neydi? Belki eski bir sevdanın hatırası... Belki daha başka bir şey... Fakat ne olursa olsun...

Güzel bir rüyadan uyanmaktan korkanlar gibi gözlerimi kısıyor, "Bu tenha ve karanlık yerde yüzüme bakarak ağlayan genç kız, bir nişanlıdan başka ne olabilir?" diye düşünüyordum.

Bir vehim ve rüya havası içinde yüzüyor gibiydim. Hakikat hissini hemen tamamıyla kaybetmiştim. Yaşadığımı ve bir vücudum olduğunu sade, avucumdaki şiddetli sızıdan anlıyordum. Biraz evvel bir bahçıvan çakısıyla oynuyordum, bir değnek parçası yontarken avucumun içini baştan başa kesmiştim.

Tesadüfün, bu gece bana son bir lütfu oldu. Sâra, yaşlarla ıslanmış yüzünü bana uzattı:

— Ziya Bey, gözüme galiba bir gece böceği kaçtı... Lütfen bir kere bakar mısınız? dedi.

Gülümsemekten kendimi alamadım. Ben, Sâra'nın ıslak yanaklarına parmağımla dokunmaya, gözlerinin içine bakmaya cesaret edebilir miydim? Hem bu, nasıl mümkün olurdu? Ona elimi dokundurduğum dakikada bir rüya gibi silinip gitmez miydi?

Sâra, yalvararak ısrar ediyordu. Razı oldum. Tâ yakından gözlerinin içine baktım. Bu gözler, benim dünyada ilk defa yakından bakmaya cesaret ettiğim kadın gözleriydi.

Gözlerimi ondan ayırdığım vakit kalbimde bir an içinde doğmuş derin ve acı bir kanaatle:

— Sen artık öldün çocuğum, dedim, onun gözlerinde büsbütün başka bir dünyaya baktın... Artık yaşayamazsın...

Dünyanın manzaralarını, sade, başkasından işitmekle öğrenmiş bir anadan doğma kör tasavvur et Necdet... Bu biçarenin gözlerini en güzel bir yaz gününün manzarasına karşı dünyaya aç ve üç beş saniye sonra kapa...

Başının içinde bu hayalle onun yaşayabilmesini nasıl ümit edersin?

Böylece, Sâra'nın gözlerine baktıktan sonra döndüm. Zaten artık ne isteyebilirdim?

Niçin bu gece, bu derece mesut olduğumu anladın mı Necdet? Homongolos, bu gece sevdiği bir kadınla baş başa dolaştı. Onun ağladığını gördü.

İnsanlığın haklarına malik başka insanlar gibi, hatta bir nişanlı, bir sevgili gibi onun gözlerinin içine baktı.

Bu geceki sevinç ve saadetim kadar büyük sevinç ve saadet tasavvur edilemez Necdet... Çünkü sevenler sevdikleriyle beraber geçirdikleri en mesut saatlerin farkında olmazlar. Daima daha büyük saadetler getirecek bir ferda ümit ederler... Halbuki Homongolos için böyle bir yarın yok...

Homongolos

IV

Homongolos'tan ölmüş arkadaşına

Muamma halledildi. Sâra Hanım'ın niçin bana bu kadar alaka gösterdiğini artık biliyorum. Bu genç kız, büyük güzelliğinin kuvvetiyle manevi bir saltanat kurmuştu. Etrafındaki insanları baştan başa kendi tebaası, onların ıstıraplarını, gözyaşlarını bir nevi vergi addediyordu. Çirkin bir Homongolos'un sahte lakaydisini zihnine sığdıramadı. Bunu bir isyan zannetti. Asi için müthiş bir ceza hazırladı.

Büyük bir maharetle kurulan pusuya düşmeme ramak kalmıştı. Sevmek hakkından mahrum bir insan olduğumu unutacak bir hale gelmiştim. Evet, belki ben de başka bir insan gibi sevdadan bahse cesaret edecektim. Yüzüme bakarak gülmeye başlayacaktı. Sâra Hanım bu arzusuna nail olamadı. Fakat ben, o kahkahayı başımın içinde işiterek ölüyorum.

Kurtuluşum mucizeye benzedi Necdet. Sâra Hanım'ın akrabalarından bir yaşlı kadın, onun beni sevdiğini söyledi. Küçük Behire, tam o esnada onun güya bahçede bulunmuş bir madalyonunu getirdi. Bunun içinde benim resmim vardı. O anda gözlerimdeki perde düştü. Bir umumi suikaste kurban ediliyordum. Bu iz üzerinde yürüdüm. Sâra Hanım'ın arkadaşlarından bazılarını maharetle söylettim. İlk şüphem, kati bir kanaat haline geldi. Mamafih asıl facia şurada ki, bunu bildiğim halde Sâra'yı görmekten, onunla baş başa kalmayı istemekten kendimi alamıyordum. Mesela düğün gecesi misafirler biri kadın, biri erkek olmak üzere çift çift, ikişer ikişer masalara dağılıyorlardı. Çifteri tayin için kura çekiliyordu. Elimde (7) yazılı bir kâğıt vardı. Sâra, tesadüfen (8) demişti. Gayr-i ihtiyari kâğıdı parmaklarımın arasında döndürerek (7)'yi (8)'e çevirdim.* Sonra zaafımdan utandım. Sâra'nın tesiriyle başımdaki kati kanaatin müphem bir ümide kalb olmasından ve böyle göz göre göre kendimi mahvetmekten korktum, bir bahane ile ondan ayrıldım.

Sâra Hanım, bir iki güne kadar gidiyor. Müthiş bir mücadele devresi başlayacağını hissediyorum. Otomobil altında vücudunun yarısı ezilmiş bir köpek gibi, yolların üstüne kanımı dökerek sürünmeye cesaretim yok. Zaten söylemiştim ya... O gece onun gözlerinde başka bir dünyaya baktıktan sonra etrafımdaki şeylerde bir tat bulmak kabil değil. Yarın bir motosiklet müsabakası var... Galiba bir kaza olacak... O gece onunla kenarında dolaştığımız bayırdan yuvarlanacağım... Buna cesaret edersem görüşmemize ancak yedi sekiz saat kaldı Necdet... Şimdilik Allahaısmarladık.

Homongolos

SON

---

* Osmanlı yazısında, 7, V; 8 ise Λ biçimindedir. V yani 7, ters çevrilince Λ yani 8 olur.

SÖZLÜKÇE

(Sözcükler, metinde geçtiği anlamlarıyla verilmiştir)

A

Acar: Ele avuca sığmaz; yaramaz
Aciz: Güçsüz; zavallı
Adale: Kas
Addetmek: Saymak; öyle kabul etmek
Âdet: Alışkı, gelenek
Adet: Sayı, tane
Adiyo: (Fr. Adieu) Hoşçakal
Adeta: Sanki
Afif: Namuslu
Ahali: Halk
Ahenk: Uyum
Ahret: Öteki dünya
Âh ü zâr: Ağlamak sızlamak
Ak arap: Zenci olmayan arap
Aks-i sada: Yankı
Aksetmek: Yansımak
Alafranga: Avrupalılara özgü
Alamerikan: Amerikalılara özgü
Âlâ: En iyi; en üstün; en güzel
Alaturka: (İt.) Türklere özgü
Alamet: Belirti
Alayiş: Gösteriş
Alelusul: Kurallara uygun olarak; alışılageldiği gibi
Aleyhte bulunmak: (Bir kimse için) Olumsuz şeyler söylemek; (bir kimseye) karşı olmak
Alil: Sakat
Âlim: Bilgin
Amber: Güzel kokulu maddelerin ortak adı
Amele: İşçi
Ameliye: İşlem
Anane: Gelenek
Ar: Utanç
Arızasız: Engele uğramadan; engebesiz
Arız olmak: Sonradan ortaya çıkmak
Arife: Belirli bir tarihten önceki gün; öngün; arefe
Arş: Yürü
Arşın: Yaklaşık 60 cm'lik uzunluk ölçüsü
Asabiyet: Sinirlilik
Asgari: En az
Asr: Yüzyıl
Âşıkane: Âşık gibi
Âşık Garip: Aynı adlı bir halk öyküsünün kişisi
Âşık Kerem: Aynı adlı bir halk öyküsünün kişisi
Aşikâr: Apaçık
Aşina: Tanış
Atalet: Devinimsizlik
Atfetmek: Yormak; neden olarak görmek

Âyan: Seçkinler; ileri gelenler
Ayyaş: Sürekli içki içen; sarhoş
Azamet: Büyüklük; kurumluluk
Azmetmek: Kararlı olmak

B

Bahriye: (Burada) Deniz subayı
Bahs: Asıl konu
Bahusus: Özellikle; hele; en çok
Bâki: Sürekli; bitimsiz
Bazu: Pazı
Becayiş etmek: Yer değiştirmek
Bedbaht: Mutsuz
Bedbin: Kötümser
Bedevi: Kırsal alanda ya da çölde yaşayanlar
Bedia: Güzellik; güzelduyu; estetik
Berdevam: Sürüyor; devam ediyor
Berrak: Duru
Bed: Kötü
Bet beniz: Yüzün rengi
Beyhude: Boşuna
Biçare: Umarsız; çaresiz
Bîkâr: İşsiz
Bilakis: Tam tersine
Bilhassa: Özellikle
Binaenaleyh: Bundan dolayı; bunun üzerine
Billur: Kristal
Birader: Erkek kardeş
Bir ayak evvel: Bir an önce
Bîtap: Güçsüz
Bizar: Usanmış, küskün
Buse: Öpücük; öpüş

C

Câmiü'l-Ezher: Mısır'daki ünlü üniversite
Cazbant: (İng.) Orkestra
Cazibe: Çekim; çekme
Cemaat: Topluluk
Cebr-i nefs etmek: Kendini zorlamak
Ceza-yı amel: Bir davranışın cezası
Cihat: Kutsal savaş
Cihet: Yön
Civanmert: Mert; hak tanır
Cünha: Suç
Çalçene: Geveze
Çuvaldız: Çuval dikmeye yarayan, eğri ve büyük iğne
Dayızade: Dayının, kız ya da erkek çocuğu; yeğen
Dekor: Çevre düzeni
Dışarlık: Dışarlıklı, taşralı
Dikte etmek: Söyleyerek yazdırmak
Dildâde: Âşık

E

Ebussuut Efendi: Fetvalarıyla ünlü şeyhülislam
Ecinni: Cin
Ecsam-ı latife: (Romanda) Uçucu cisimler

Eksantrik: (Fr.) Sıradışı; ayrıksı (insan)
Egzersiz: Alıştırma; antrenman
Ehemmiyet: Önem
Ekseri: Çoğunlukla
Ekstra ekstra: En nitelikli
Elan: Şu anda
Elegan: (Fr. élégant) Zarif; şık
Elhamdülillâh-i Teâlâ: Yüce Tanrıya şükür
Emniyet(li): Güven(ilir)
Emsâl-i kesîre: Pek çok örnek
Emsalsiz: Eşsiz benzersiz
Endişe: Kaygı
Erkân-ı harp: Kurmay
Eshab-ı mucibe: Zorunlu nedenler
Estağfurullah: ...dan Tanrının acımasına sığınırım
Eşraf: Bir yerin ileri gelenleri
Evham: Kuruntu; olumsuz hayal
Ezeli: Sonsuz
Ezkaza: Farkına varmadan; kazayla

F

Faal: Çalışkan
Fağfur: Çin'de yapılmış her tür porselen eşya
Fâik: Üstün
Fakir: (Alçakgönüllülükle, şaka ya da alay yollu kullanıldığında) Ben
Fantazmagorik: Düşlemsel; hayali
Fantezi: Hayal
Faraziye: Varsayım
Fâşetmek: Açıklamak
Fenni: Bilimsel
Feragat: El çekme; bir şey için bir şeyden vaz geçme
Ferda: Ertesi gün, yarın.
Fevk: Üst
Fevkalade: Olağanüstü
Figüran: Tiyatro ve sinemada küçük ve önemsiz rolleri oynayanlar
Fiiliyat: Uygulama; eylem
Firar: (Okuldan) Kaçış
Fiske: Minik vuruş
Flört: Âşıktaşlık
Füsun: Büyü(leyici güzellik)
Fütursuz: Hiçbir şeye aldırmadan

G

Galip: Yenen
Gaflet: Aymazlık; farkında olmama
Gaiblere karışmak: Birdenbire yitmek
Gaile: Dert; sıkıntı
Galan: (Fr. galant) Hoşa giden
Galebe: Yengi
Galeyana gelmek: Coşmak
Galiz: Kaba saba
Gam ve kasavet: Üzüntü ve sıkıntı
Garkolmak: Dolmak; boğulmak

Garabet: Gariplik; tuhaflık; şaşırtıcılık
Gavur: Dinsiz
Gayet: Pek
Gayri: Başka
Gayr-ihtiyari: Elinde olmadan
Gayur: Çok çabalayan; çalışkan
Gazap: Öfke
Gazevi: Tahıl ölçmekte kullanılan bir tür ölçek
Gerçi: Her ne denli; ... ise de
Granit: Çok sert bir taş türü
Güya: Sanki; sözde

H

Hacet: Gerek
Hafazanallah: Tanrı korusun
Hafiye: Gizli polis
Halas: Kurtuluş
Halecan: Yürek çarpıntısı
Hal'etmek: Tahttan indirmek
Hâlik-i zülcelâl: Öfke sahibi yaratan: Tanrı
Halim: Uysal
Hamiş: Not
Hamletmek: Yormak; nedenini bir şeye bağlamak
Harabe: Yıkıntı
Harap: Yıkık; yoksul; perişan
Hararet: Coşku
Harem ağası: Eskiden haremlerde kadınların hizmetine bakan, çoğu ak arap olan, hadım edilmiş erkek görevli
Hariç: Dış
Hasbeten'lillâh: Tanrı için; Tanrı uğruna; karşılık beklemeden
Hâsılı: Kısacası; sözün kısası
Hasisa: Karakter
Hassa: Bir kimseye ya da bir şeye özgü olan durum
Hassas: Duyarlı
Haşarı: Ele avuca sığmaz
Hatırat: Hatıralar
Hatırnevaz: Gönül okşayan
Havadis: Haber (Bu sözcük, aslında "hadise" sözcüğünün çoğuludur; dilimizde tekil olarak kullanılmıştır)
Havaiyat: Boş işler; vakit geçirmek için yapılan şeyler
Hayli: Epey
Hayal inkisarı: Hayal kırıklığı
Haysiyet: Onur
Hazmetmek: İçine sindirmek; kabullenmek
Hemcins: Cinsteş; aynı cinsten olan
Hemşire: Kız kardeş
Hendese: Geometri
Hengâme: Gürültü patırtı; karışıklık
Herkül: Yunan mitologyasında gücüyle ünlü bir yarı tanrı
Heybetli: İri yarı ve güçlü kuvvetli
Heyhat: Ne yazık
Heyula: Maddesel cismi olmayıp zihinde var olan

Hezeyan: Saçma sapan konuşma; sabuklama
Hezimet-i kahkariye: Birdenbire yenilme
Hiddet: Öfke
Hikmet: Akıl ermeyen iş ya da söz
Hilkat garibesi: Doğuştan çirkin
Himaye: Koruma
His: Duygu
Hodgâm: Bencil
Hristos: İsa
Hukuk: Haklar
Hulus: Temiz yüreklilik
Humma: Ateşli hastalık; sıtma
Hususiyet: Özellik
Huşunet: Sertlik
Hüsn-ü niyet: İyi niyet

I/İ

Islah-ı hal etmek: Durumunu düzeltmek
İbaret: (Bir şeylerden) Oluşan; (Bir şeyin) Aynı; Başkası değil
İbret: Bir şeyden çekinmek için ders alınacak olay
İbtidai: İlkel
İdman: Alıştırma
İfşa etmek: Açığa vurmak
İftihar: Övünç
İğfal: Kandırma
İhraç etmek: Çıkarmak
İhtilâf: Anlaşmazlık
İhtilât etmek: (Romanda) Karışmak
İhtiras: Tutku
İhtisas: Duygulanım
İhtişam: Görkem
İhtiyaten: Önlem olarak
İhtiyatsızlık: Sakınmasız olma
İhtizaz: Titreşim
İktifa etmek: Yetinmek
İlâh...: vb.
İlle: Kesinlikle
İncizap: Çekim; çekilme
İnkılâp: Dönüşüm
İnmek: Uzun bir yolculuktan sonra kalınacak bir yere gitmek
İntihap etmek: Seçmek
İskarpin: Ayakkabı
İstiğrak: Coşkunluk
İstihfaf: Küçümseme
İstihza: Alay
İstikamet: Yön
İstikrah etmek: Tiksinmek
İştirak: Katılma
İştirak noktası: Ortak yön
İstirham ederim: Ne olur; rica ederim
İtaatsizlik: Söz dinlememe; kurallara uymama
İtham etmek: Suçlamak
İtimat: Güven
İtisaf: Doğru yoldan ayrılma; yolsuzluk; haksızlık
İtizar etmek: Özür dilemek
İyi saatte olsunlar: Cinler; doğaüstü güçler

İzahat: Açıklama
İzale etmek: Gidermek
İzam etmek: Büyütmek
İzhar etmek: Göstermek
İzinsiz kalmak: Yatılı okullarda, suç işleyen öğrencilere verilen "tatillerde okuldan çıkamama" cezası

J

Janti: Güzel; sevimli; kibar

K

Kabil değil: Olamaz
Kabilinden: Türünden
Kâfi: Yeter
Kafile: Topluluk
Kahır: Acı
Kâinat: Evren
Kalb olmak: Dönüşmek
Kamil: Olgun
Kanaat: Kanı
Kâşif: Bilinmeyen bir yeri bulan. [Metinde bu sözcük, dalgınlıkla "Mucit" (daha önce var olmayan bir şeyi, örneğin bir makineyi, bulan kimse) yerine kullanılmıştır.]
Kat'i(yyen): Kesin(likle)
Kavis: Eğri
Kelâm: Söz
Kelle (şekeri): Kamıştan çıkarılmak üzere özel ocakta pişirildikten sonra koni biçiminde kalıplara dökülerek, tüketime sunulan şeker
Kemale ermek: Olgunlaşmak
Kerem buyurun: Anlayın
Kerpiç: Çamurun bir kalıpta biçimlendirildikten sonra güneşte kurutulmasıyla yapılan bir tür tuğla
Kırba: Sakaların su taşımak için kullandıkları, ağzı dar, karnı geniş, deriden yapılmış kap
Kısmet: Evlenme çağındaki bir kızı isteyen erkek
Kifayet etmek: Yetmek
Klaun: (İng. clown) Soytarı; palyaço
Koket: Süslü giyinen, modaya düşkün olan kadın
Koketri: Koket olma durumu
Komedya: Güldürü; komedi
Kompliman: (İng.) Güzel ve övücü sözler söyleme ve hoş davranma; iltifat
Kopıl: (İng. couple) İki kişi, çift
Kotra: Hafif gezinti gemisi
Kudret: Güç; kuvvet; (Gücü sonsuz olan) Tanrı
Kumpanya: ortaklık; şirket
Kür: Sağaltım, tedavi
Küstah: Saygısızca davranan; başkalarının hakkına uymayan

L

Lağvetmek: Bir kurumun ya da kuruluşun işlevini ya da görevini ortadan kaldırmak

Lakayd: İlgisiz
Latife: Şaka
Leyli: Yatılı (öğrenci)
Lütuf: İyilik

M

Maahaza: Bununla birlikte
Maalesef: Ne yazık ki
Mamafih: Bununla birlikte
Maazallah: Tanrı saklasın
Mağrur: Gururlu
Mağruren: İnanarak; güvenerek
Maharet: Beceriklilik; ustalık
Mâhir(ane): Becerikli(ce); usta(ca)
Mahrum: Yoksun
Mahrut: Koni
Mahsus: Özellikle
Mahsül: Ürün
Mâhut: Bilinen
Mahzun: Üzgün; hüzünlü
Mahzur: Sakınca
Makbule geçer: Yeğlenir; beğenilir
Makul: Akla uygun
Malik: Sahip
Malum: Bilinen
Malumatlı: Bilgili
Mancınık: Top bulunmadan önce, büyük taşları gülle gibi atmakta kullanılan düzenek
Manevra: Dolantı; hile
Mâni: Engel
Manidar: Anlamlı; ardında bir başka anlam yatan
Maraz: Hastalık
Maraza: Kavga; çekişme
Marazi: Sağlıksız; hastalıklı
Marifet: Beceri
Maruzat: Söylenenler; arz edilenler
Maruz bırakmak: (Tehlikeye) uğramasına neden olmak
Matmazel: (Hıristiyanlar için) Evlenmemiş hanım
Maskara: Gülünç olan
Masun: Korunmuş, korunan
Mazbata: Tutanak
Mazeret: Özür gösterme
Mazlum: Eziyet gören
Mazur: Özürlü; suçlu değil
Mebus: Milletvekili
Meclis: Yemekli toplantı; söyleşi toplantısı
Mecra: Yol
Mecruh: Yaralı
Meftuniyet: Tutkun olma; vurgun olma; hayran olma
Mekkâre: Yük hayvanı
Melun: Lanetli
Memnu: Yasak
Mendebur: Sümsük; sünepe; miskin
Menetmek: Engel olmak; yasaklamak
Menfaat: Çıkar
Menhus: Uğursuz
Merasim ve etiket: Görgü kuralları
Mersiye: Ağıt

Mertebe: Aşama; derece
Meşgale: İş; uğraş
Meşguliyet: İş: uğraş
Metin: Dayanıklı
Mevki: Durum; yer
Meyt: Ölü
Meyus: Umutsuz; karamsar
Misal: Örnek
Mizaç: Özyapı; karakter
Muallim: Öğretmen
Muamele: Davranma
Muamma: Bilmece
Muarız: Karşıt
Muavenet: Yardım etme
Muayene etmek: İncelemek
Muazzez: Yüce; sevilen
Mubassır: Okulda öğrenciler arasındaki düzeni sağlamakla görevli kimse
Muhabbet: Sevgi
Muhabere: Konuşma
Muhaceret: Göç; göçmenlik
Muhacir: Göçmen
Muhafazakâr: Tutucu
Muhakeme etmek: Enine boyuna düşünmek
Muharebe: Savaş
Muhavere: Karşılıklı konuşma
Muhatap: Kendisiyle konuşulan; kendisine hitap edilen
Muhayyel: Düşlemsel; hayalî
Muhtelif: Türlü; çeşitli
Muin: Yardımcı
Mukabele etmek: Karşılık vermek
Mukabil: Karşılık
Mukadder: Kaderde olan; kaçınılamaz
Mukavemet: Direnme; dayanma
Mukavim: Dayanıklı
Muktedir: Gücü yeten
Munis: Uysal
Musallat olmak / etmek: Üstüne düşüp rahat bırakmamak / bıraktırmamak
Mustarip: Acılı; acı duyan
Mustatil: Dikdörtgen
Mutaassıp: Dünya görüşü tutucu olan
Muvafık: Uygun
Muvaffakıyet: Başarı
Muvakkat: Geçici; sürekli değil
Mübalağa: Abartma
Müphem: Belirsiz
Mücazat: Ceza
Mücerrep: Denemiş
Müdahale etmek: Karışmak
Müderris: Medresede ders verenlerin en yüksek konumda olanı; profesör dengi
Müebbeden: Sonsuza dek
Mühim: Önemli
Mükellef: Yükümlü
Mülahaza: Görüş; öne sürülen düşünce
Münasebetsizlik: Uygunsuzluk; yakışıksızlık
Münasebet: İlgi
Münhasıran: Özellikle

Münzevi: Tek başına yaşayan; kimseyle görüşmeyen
Mürüvvet: İyilik
Müsaade: İzin
Müsamaha: Hoşgörü
Müseyyip: (Aslı, *Müseyyeb*'dir) Üşengeç; tembel
Müstahak: Layık, uygun
Müstait: Kabiliyetli
Müstehzi: Alaycı
Müstenit: Dayanan
Müsterih: İçi rahat
Müşerref etsin: Onurlandırsın
Müşfik: Sevecen; şefkatli
Müşkül: Zor
Mütalahane: Yatılı okullarda, ders çalışma sınıfları; etüt sınıfı
Mütareke: Silah bırakma anlaşması
Müteakip: Sonra
Mütecaviz: Saldırgan
Müteessir: Etkilenmiş
Müteezzi: Üzgün
Mütehayyil: Hayalci
Mütekâmil: Olgunlaşmış
Mütemadiyen: Sürekli olarak
Müteselli olmak: Avunmak
Mütevazı: Alçakgönüllü
Müttefik: Bağdaşık; Bir konuda deste olan
Müvezzi: Dağıtıcı
Müzahrafat: Çöp
Müzmin: Süreğen (üzüntü, hastalık vb.)

N

Nâçar: Umarsız; çaresiz
Nadide: Az görülür
Nafile: Boşuna
Nahif: Zayıf; kırılgan
Nail olmak: Ulaşmak
Nakarat: Her zaman yinelenen söz
Nakledilmek: Atanmak
Nanemolla: Çabuk hastalanan
Nasihat: Öğüt
Nasip: Pay; kısmet
Nazar: Bakış
Nazarında: ...nın gözünde; ...e göre
Nazenin: Narin, ince yapılı
Nazik bahis: Dikkat edilmesi gereken konu; dikkat edilmezse kötü sonuçlanabilecek konu
Nedamet: Pişmanlık
Nefer: Er; asker
Nevi: Tür
Nevmit: Umutsuz
Nevmidane: Umutsuzcasına
Nispet: Oran
Nizam: Düzen
Nokta-i nazar: Bakış açısı
Nüfuz: Etki; sözünü geçirme
Nümayiş: Gösteri
Nümune: Örnek

O

Ofort: (Fr.) Gravürcülükte kullanılan, sulandırılmış nitrik

asit yedirilmiş bir eriyik; eritici özelliği vardır
Opera komik: (Fr.) Güldürücü opera; güldürü
Orövuar: (Fr. au revoir) Hoşçakal

P

Pardon: (Fr.) Özür dilerim
Parti: Eğlence amacıyla yapılan toplantı
Peder: Baba
Perde: (Ses için) Ton
Perestiş: Çok sevme; tapacak kadar sevme
Perhize yatmak: Yemek yiyememek
Peyda olmak / etmek: Ortaya çıkmak; belirmek
Portatif: (Fr.) Taşınabilir
Potur: Üst kısmı, özellikle arkası bol kırmalı ve geniş olan, alt kısmı diz kapağından başlayarak bacakları sıkı sıkı saran bir tür pantolon
Prensip: İlke
Primadonna: Operada, baş rol oynayan kadın sanatçı
Profil: (Fr.) Yandan görünüş
Pusula: Kısa not
Pürhayal: Hayal dolu

R

Rabıta: İlgi; ilişki
Radde: Derece; kerte
Rakik: Duygulu; duyarlı
Refaket etmek: Eşlik etmek
Rekabet: Çekişme; yarışma
Rencide etmek: İncitmek
Resmiyet: İki kişi arasındaki senli benli olmama durumu
Resmî: Aralarında yakınlık olmama
Riayet etmek: Uymak
Rikkat: İncelik; duygusallık
Riyakâr: İkiyüzlü
Riyazet: Dünya nimetlerinden uzak kalarak benliği eğitmek
Rutubet: Nem; ıslaklık
Rûzmerre: Her günkü
Rüyet: Görme, bakma

S

Sade: Yalnızca
Sadedil: Saf; az çok budala
Saf: Sıra
Saffet: Saflık
Safsata: Boş, temelsiz söz
Sakil: Çirkin; kaba
Salahiyet-i vâsia: Geniş yetki
Salta: Yakasız, düğmesiz, kolları bol bir tür ceket
Sarî: Bulaşıcı
Sarraf: Para, değerli kâğıt, altın vb. alım satımı yapan kimse
Sayfiye: Yazlık
Secde: Namazda eğilme durumu
Seher: Sabah
Sehhar: Büyüleyici
Selamlık: Konaklarda, erkeklere ayrılmış olan yaşama bölümü

Sena: Övgü
Sentnitüş: (Fr.) Dindar ve erdemli gibi görünen; asıl yüzünü gizleyen; ikiyüzlü
Sergüzeşt: Baştan geçen ilginç olaylar; serüven; macera
Seri: Hızlı
Semâvi: Göksel
Sermubassır: Mubassırların başı
Sevk-i tabii: İçgüdü
Seyis: At bakımıyla uğraşan kimse; at uşağı
Sıhhi: Sağlığa uygun; sağlıklı
Sınıf dönmek: Sınıfta kalmak
Sicil: Bir kişi konusundaki bütün bilgileri içeren kayıt
Sille: Tokat
Sirayet: (Hastalık için) Bulaşma
Softa: Yobaz
Suikast: Kötü niyet
Suiistimal: Kötüye kullanma
Suni: Yapay; doğal olmayan
Supe: (Fr.) Akşam yemeği
Suret-i mahsusa: Özel olarak
Surette: Olarak
Sükse: (Fr.) Sevilme; başarı.
Sükûn: Dinginlik; sessizlik
Sükûnet: Sessizlik
Sükût / Sükût etmek: Sessizlik; konuşmama

Ş

Şairane: Şâir gibi; duygusal
Şâyân-ı hayret: Şaşırtıcı
Şeffaf: Saydam; ışığı geçiren
Şerr: Kötülük
Şerir: Kötü insan; haydut
Şezlong: (Fr.) Üzerine yatar biçimde oturabilen uzun iskemle
Şikâr: Av
Şirket: Cumhuriyet'ten önce yolcu vapuru işletme tekelini elinde bulunduran Şirket-i Hayriye
Şûrâ-yı Devlet: Danıştay
Şuur: Bilinç

T

Taam: Yemek
Taarruz: Saldırı
Tâbi: Bağlı
Tabiat: Yaratılış; huy
Tabiat-ı hayvaniye: İnsanın hayvansal yönü
Tabiri üzere: Deyişiyle
Tabir-i meşhuriyle: Bilinen deyişle
Tabiye: Taktik; bir işi başarıyla sonuçlandırmak için tasarlanan yöntem
Tabii terennüm: Doğal bağırış
Taciz etmek: Rahatsız etmek
Tadilat: Değişiklik
Tafsilat: Ayrıntı
Tahakküm: Egemenlik; sulta; zorbalık
Tahammül etmek: Dayanmak
Tahavvül: Değişme

Tahkikat: Soruşturma
Tahlil etmek: (Özyapısını) Çözümlemek
Tahsin etmek: Takdir etmek; beğenmek
Tahtelhıfz: Koruma altında; (Romanda) Mevcutlu olarak
Takallüs: Kasılma
Takat: Güç
Takdim: Sunma; tanıştırma
Takdir: Beğenme
Taksim etmek: Bölmek; paylaştırmak
Talim: Alıştırma; eğitme
Tanzifat: Temizlik; çöp toplama
Tasavvur etmek: Düşünmek
Tasdik etmek: Onaylamak
Tatbik etmek: Uygulamak
Tayin etmek: Belirlemek
Tayyare: Uçak
Taze: Genç
Tazyik: Basınç
Tebaa: Uyruk
Tebdil: Değişim
Tebeddül: Değişme
Tedarikli: Her önlemi düşünen
Tedbir: Önlem
Teessür: Üzüntü
Tecessüs etmek: Merakla incelemek istemek
Teessüf etmek: Yazıklanmak; üzülmek
Teessür: Üzüntü
Tekdir etmek: Azarlamak
Teklifsiz: Senli benli
Telafi etmek: (Bir şeyin yerine) Yenisini koymak; yerini doldurmak
Temâşâ-yı tabiat: Doğayı seyretme
Temayül: Eğilim; ilgi duyma
Temenni etmek: Dilemek
Temin etmek: İnandırmak
Tendürüst: Sağlam ve güçlü kişi
Tenezzül: Gönül indirme
Tenha: Issız
Terasa: Teras
Terbiye-i bedeniye: Beden eğitimi
Tereddüt: Duraksama
Terennüm etmek: Ezgiyle söylemek
Terkip: Bireşim; sentez
Tertip: Çözüm yolu; yöntem
Tertip etmek: Düzenlemek
Teshir etmek: Büyülemek
Tesir (etmek): Etki(lemek)
Teslim et(tir)mek: Kabul et(tir)mek
Teşbih: Benzetme
Teşçî: Şereflendirme
Teşebbüs: Girişim
Teşerrüf etmek: (Tanışmaktan) Onur duymak
Teşkilat: Örgüt
Tetkikat: İncelemeler
Tevazu: Alçakgönüllülük
Teveccüh: Yüz gösterme; yönelme
Tevekkeli ... dememişler: Boşuna ... dememişler

Tevfik (cezası): (Yatılı okulda) Okuldan çıkmama (cezası)
Tevzi etmek: Dağıtmak
Timsal: Simge
Tongaya basmak: Tuzağa düşmek; gaafil avlanmak
Transatlantik: (Fr.) Atlantik aşan, büyük yolcu gemisi
Trup: (İng. Troop) Grup, takım.
Tulumba: (Romanda) Pompa
Tuvalet: (Fr.) Gece giyilen kadın giysisi

U

Ulvi: Yüce
Umumi: Genel
Usulet: Sessizce
Uzuv: Organ
Uzviyet: Canlılık; organizma

V

Vâcibülvücut: Allah
Vaat etmek: Söz vermek
Vahşi: Yabanıl; (Amerikan v.s.) kızılderili
Vaka: Olay
Vakar: Ağırbaşlılık
Vakfetmek: Adamak
Vakur: Ağırbaşlı
Varâk-ı mihr ü vefâ: Sevgi ve bağlılık yazısının bulunduğu kâğıt
Vasf / Vasıf: Nitelik
Vâsi: Geniş
Vâveylâ: Çığlık
Vazife: Görev
Vecd: Ruh coşkunluğuyla kendinden geçme
Veçhile: Gibi
Vefa: Bağlılık
Vefakâr: Bağlılık gösteren
Vehim / Vehmetmek: Kuruntu
Velev ki: ....se bile
Velakin: Ama
Vesile: Neden; sebep
Vukuat: Olaylar; işlenmiş suçlar
Vücuda getirmek: Oluşturmak; yapmak
Vüsat: Genişlik

Y

Yâver: Yardımcı
Yeis: Umutsuzluk
Yeknesak: Tekdüze; çeşitliliği ya da renkliliği olmayan
Yekûn: Toplam

Z

Zabit: Subay
Zahit: Aşırı sofu
Zamane: İçinde bulunulan zaman; günümüz
Zâri zâri: Hüngür hüngür
Zaruri: Zorunlu
Zebunküş: Kendisinden zayıfları ezen

Zelil: Aşağı görülen; zavallı
Zelzele: Deprem
Zevâhir: Dış görünüş
Zevce: Kadın eş; karı
Zevç: Erkek eş; koca
Zevzek: Can sıkan geveze
Ziraat: Tarım
Zirai: Tarımsal
Ziyâ: Işık
Ziyade: Çok
Ziyan: Zarar